その手帳は
丁寧で読みやすい
オースティン語で書かれた、
日記だった。
時間が経ち変色した写真が、
大切そうに何枚も
折りたたまれていて。
どくん、と胸の鼓動が
高鳴ったのが分かった。
この中には、
戦場を駆け抜けた
誰かの軌跡が
記されているに違いない。

「おら小娘！　ボーッとすんな、突っ込むぞ！」
「え、あ、はい」
小隊長―――、
前世の自分と殆ど歳も変わらない若い男が、
襲い掛かってきた兵士を突き殺しました。
そして周囲に号令して、
勇猛に敵の領域へと踏み込んでいきます。
ガーバック
トウリ
「この丘陵地帯を占領する。俺に続けぇっ!!」
怒号と
断末魔の叫びが飛び交い、
糞尿と腐肉の異臭が漂う中、
ビチャビチャと何かよく分からない
水っぽいモノを踏みつけて。
この日、初めて戦争に参加した自分は、
誰かの体液と脂でベトベトになりながら、
敵の領地だった丘を駆け上がりました。

TS衛生兵さんの戦場日記

まさきたま

[Illustrator] クレタ

TENTS

[Illustration] クレタ

CON

戦闘地域
国境
オースティン帝国

サバト連邦
マシュデール
西部戦線
ノエル
ウィン（首都）
南部戦線

一九三八年　夏　1

TSMedic's Battlefield Diary

――――世界大戦の爪痕《つめあと》は、まだそこかしこに残っていた。

夏の真っ盛り、私は国境沿いのオースティンの田舎町《いなかまち》まで旅行に来ていた。

そこは田舎の良いところを集めたような場所で、煩《わずら》わしい都会の喧騒《けんそう》もなければ空を覆う工場の排煙《はいえん》もない。

空気は澄んでいて名物のブドウ酒も美味《うま》く、人々の活気も溢《あふ》れている良い町だった。

私はこの町に、長期休暇を利用した観光で訪れていた。

先の世界大戦で、この町は最も苛烈《かれつ》な戦場となった場所だったという。

少し町を離れてみれば、まだ至る所に空《から》の薬莢《やっきょう》が転がっているそうだ。

私は平和になった今この時代に、数多《あまた》の犠牲を出した世界大戦の残渣《ざんさ》を肌で感じてみたかった。

「ああ、戦場跡ならこの通りを真っすぐだよ」

「ありがとう」

地元民の案内を受け、私は世界大戦の舞台となった平原に足を進めた。整備された歩道を三十分ほど進むと、目的だった戦場跡が見えてきた。

……その場所は、明らかに空気が違っていた。

まばらに雑草が生い茂るなか、突き刺すように朽ちた木材が生えていた。

ベタリと踏みならされた黒土は、所々モグラが通ったみたい乱雑に掘り返されていた。

この辺りは硫黄《いおう》を含んだ黄色い土のはずなのに、どうしてこの戦場跡だけ禍々《まがまが》しい黒土なのだろうか。

ここで起こった悲劇を暗示しているような、歴史の悪意を感じた。

「これが、塹壕《ざんごう》の跡か」

私はその独特の空気に圧倒されつつも、掘り返された黒い土くれの中を少し歩いてみた。

塹壕と呼ばれたこの穴の中には、かつて大勢の兵士が潜《ひそ》んでいたらしい。

よく見れば地面に突き刺さっている木材に、軍靴《ぐんか》の形が残っていた。誰かが足を踏ん張って、敵を迎え撃っていた痕跡《こんせき》だろう。

私はその足跡に胸を高鳴らせた。かつて戦場で散った英霊の息遣いを感じる事ができた気がした。

「……よし」

今でも、この辺の土を掘り返せば遺骨や遺品が出土するという。

この戦場で行方不明《ゆくえふめい》となった兵士は一万人以上に上り、その誰かの遺骨や遺品の全ては見つかっていない。

私は用意してきたスコップで、その辺の土を掘り返し始めた。

もし戦場跡で遺品を拾得《しゅうとく》した場合は、警察に届け出なければならない。

そして遺品を警察に届けるのはだいたい、私のような歴史マニアの物好きだという。

この貧しい田舎町には、英霊の遺品を回収する資金源はない。

戦場跡のロマンに惹《ひ》かれ、彼らの息遣いを知りたいと願ったマニアにより遺品の収集が進んでいくのだ。

「む、何かに当たった」

私もその物好きの一人として、遺品回収のボランティアのつもりで重たいスコップを戦場跡まで運び込んでいた。

この黒土の下には、何が埋まっているのだろう。埋まっているものには、どんな思いが込められているのだろう。

少し鼻息を荒くしつつ、私は発掘作業に没頭し始めた。

「……む」

塹壕の跡を掘り返す事、数時間、そろそろ食事にしようかと思っていた昼下がり、私はスコップの先に何かの手ごたえを感じた。

慌てて素手で土を掘り進めて見ると、黒光りする何かの革が出てきた。遺品だ。

胸の鼓動が早まるのを感じた。

そこからは私は少しづつ、丁寧に遺品の周囲を掘り返していった。

この遺品は、遺族の誰かに届けられるものだ。少しでも綺麗《きれい》な状態で掘り返してやらないと、持ち主に失礼だ。

たっぷり一時間ほどかけて、私はその黒光りする遺品を損傷なく掘りだした。

「手帳だ」

その黒光りする革は、手帳のカバーだった。

紙質はかなり古いが、皮の表紙に守られて保存状態は良さそうだ。

……恐らく、戦争当時のものに違いない。

「……」

私はゴクリと息を呑《の》みこんで、ゆっくり慎重に表紙を開いた。
ペリペリと嫌な音がしたが、破れることなくその手帳は開かれた。
読める。その手帳は丁寧な読みやすいオースティン語で書かれた、日記だった。
時間が経《た》ち変色した写真が、大切そうに何枚も折りたたまれていて。
写真の中の無表情な瞳をした少女と、目があった気がした。
どくん、と胸の鼓動が高鳴ったのが分かった。
この中には、戦場を駆け抜けた誰かの軌跡が記されているに違いない。
私が見たかった、知りたかった全てがここにある。
私は我を忘れてその場に座り込み、太陽の照りつける中で一ページ目を見開いた。
まず、手帳の表紙裏に記された一文が、私の目を奪った。

親愛なるトウリ・ノエル。多くは望みませんので、どうか無事に帰ってきてください。
――ノエル孤児院　アイザック・フェン院長

西部戦線 1

TSMedic's Battlefield Diary

【四月一日　夕】

この日記は、自分の遺品にしようと思います。

温かい言葉を贈ってくださった院長先生には申し訳ありませんが、自分にこの戦場を生き延びられるとは到底思えません。

そしてどうか私の死後にこの日記を拾ってくださった方は、これをノエル孤児院アイザック院長まで届けていただけると幸いです。故人のささやかな願いを、どうか叶《かな》えてください。

またこの日記には、自分が抱えきれなくなった苦悩や感情を吐露《とろ》するつもりなので、あまり人に見せないでくださると嬉《うれ》しいです。

……さて。突然ですが、貴方《あなた》はＦＰＳと呼ばれるゲームジャンルをご存じでしょうか。恐らく聞いた事の無い単語だとは思います。

夢か現実か、自分には前世の記憶というものがありました。それはずっと未来の、平和で発展した文明を持つ世界の記憶です。

ＦＰＳとは、その未来の世界で流行していた一人称視点のシューティングゲームの総称です。主に戦争を題材とし、仮想世界で銃を使って戦うゲームでした。

一人称視点というのは、非常に難しいです。

装備によっては視野が悪くなりますし、画面に酔うことも多いですし、何より死角に回り込まれると反応できません。

なので、普通に走っていただけなのに突然死亡するなんて理不尽な事態も良くあります。

ですが、それがまた面白いポイントで、いかに相手の死角を突いて理不尽に殺すかという快感もあります。

自分はそんな、ＦＰＳゲームにおいて神でした。

卓越した索敵力、常軌を逸したＡＩＭ力、咄嗟《とっさ》の撃ち合いに反応する反射神経、そしてなにより相手の思考を読む裏取り能力。

これらを高い水準で兼ね備えていた自分は、とあるバトル・ロワイアルゲームの世界覇者となりました。

そのまま企業のスポンサーまで付いて、プロゲーマーとなりました。

平和な日本においては、ただのゲーム中毒者の自分ですが。

戦争の世界で、銃を持って戦う限り、自分は無敵でした。


二次元の世界では、ね。


ゲームの戦争とは、単なる遊びです。

戦いが終われば、撃ち殺した人と馬鹿な煽《あお》り合《あ》いをして、笑い合うことができます。

「────つらぁ！」

「ぐぇ」

しかし、現実の戦争では。

頸元《くびもと》を突かれ殺された兵士は、鼻と口からどす黒い飛沫《しぶき》と泡を吐き出して、二度と喋《しゃべ》らなくなります。

「おら小娘！　ボーッとすんな、突っ込むぞ！」

「え、あ、はい」

小隊長――――、前世の自分と殆《ほとん》ど歳《とし》も変わらない若い男が、襲い掛かってきた兵士を突き殺しました。

そして周囲に叱咤号令《しったごうれい》して、勇猛に敵の領域へと踏み込んでいきます。

彼に追従《ついじゅう》することが任務の自分は、小隊長の背中について走ることしかできません。

「この丘陵地帯《きゅうりょうちたい》を占領する。俺に続けぇっ!!」

怒号と断末魔《だんまつま》の叫びが飛び交い、糞尿《ふんにょう》と腐肉《ふにく》の異臭が漂う中、ビチャビチャと何かよく分からない水っぽいモノを踏みつけて。

この日、初めて戦争に参加した自分は、誰かの体液と脂《あぶら》でベトベトになりながら、敵の領地だった丘を駆け上がりました。

五十八メートル。それが、今日の自分たちが戦争で稼いだ距離です。

何度も何度も進んだり戻ったりしながら、多くの人の命を踏み台にして前進した距離です。

約八百人。それが、今日の戦友たちの犠牲者数です。

戦線が五十八メートルを進むのに、八百人が死亡しました。

人の命は、距離になります。

距離とは、すなわち領地です。つまり本日、我が国の国境は五十八メートルも進んだの

です。

「がははは！　大勝利だ、なあ小娘」

「……おめでとうございます。小隊長殿の、勇気と指揮あっての事です」

「初陣《ういじん》が、このガーバックの指揮下で良かったな。思いきり効率よく、使い殺してやるから安心して死ぬといい！」

自分は、本日付でこの隣国との戦線────西部戦線へと配属されました衛生兵です。

は、ははは。

「貴様の命で、俺は一メートルは稼いでやるぞ！」

「お国のために、見事役目を果たす所存です」

「安心しろ。死んだらちゃんと、貴様の遺族に武勇伝を伝えにいってやるからな」

ああ。狂っている。

【四月一日　夜】

改めまして、自己紹介をさせていただきます。

自分は、トウリ・ノエルです。名はトウリで、姓がノエルです。

前世は日本で、ＦＰＳ廃人をしておりました。

今世では性別が変わって、女の子になっております。

因《ちな》みにトウリと言うのは孤児院の院長から貰《もら》った名前で、ノエルというのは孤児院の所在地です。

父母は戦争に巻き込まれ、砲撃に遭い死亡したそうです。

しかし、村が戦火に包まれていくなか、たまたま生きていた自分を抱いてノエルまで逃げてくれた村人がいたそうです。

そして自分はノエル孤児院に引き取られたので、ノエル姓を名乗っています。

しかしノエル孤児院での暮らしは、決して裕福ではありませんでした。

戦争により自分のような孤児が増えたので、経営がとても苦しくなっていたのです。

麦や野菜を育て、特産品である蒲公英《たんぽぽ》の葉を摘み、寄附を募ってやっと食いつなげているような状況でした。

そんな財政状況でしたので、自分は十五歳になり成人したら働きに出るように諭されました。

「君には……回復魔法の素養がある」

「え、本当ですか」

「きっと、磨けば光るだろう。軍隊に志願する気は無いかね」

オースティン国民は成人すると、徴兵検査を受ける義務があります。

とはいえ女性は滅多《めった》に徴兵されることは無く、自分も兵役とは無縁のはずだったのですが、

「志願せずとも、回復魔法の適正があるならいずれ徴兵される。自分から志願した方が、色々と優遇されるよ」

「……」

「志願兵は給料も高いし、孤児院にも補助金が入る」

幸か不幸か、自分には希少な回復魔法の才能があるらしく。

自分は半ば選択肢もないまま、軍に志願することになりました。

「院長先生、今までお世話になりました」

「……トウリ、無理をするんじゃないよ。怪我《けが》をしたら、遠慮なく戻ってきなさいね」

しかし正直なところ、自分は志願するのはあまり嫌ではありませんでした。

前世でのゲームにおける成績から、自分は優秀な兵士になれる自信があったからです。

それに前世と違い、この国ではいつ命を落とすか分かったものではありません。

ならば、

「もし、戦争が終わったら。また、ここに戻ってきます」

「トウリ……」

「アイザック院長先生。どうかお達者で」

兵士は、死亡した時に「慰労弔問金」が発生し、そのお金は遺族に届けられます。

その弔問金の受け取り先をアイザック院長先生にしておけば、自分が戦場で死んでも孤児院に貢献できるのです。

ノエル孤児院には大きな恩があります。

いつ死ぬか分からない命なら、孤児院の為《ため》になるよう使いたかったのです。

因みに今年、孤児院から軍へ志願したのは二名でした。

自分と、悪戯《いたずら》っ子《こ》のバーニー・ノエルという少年です。

バーニーは私と同い年で、小さな頃からよく一緒に遊んでいた幼馴染《おさななじみ》でした。

彼は前線に行っても、必ず自分に会いに来てくれると言っていました。

戦場にいくのに知り合いがいるのは、すごく心強かったです。

しかし。

そんな彼は先ほどの攻勢で、敵の砲撃魔法に包まれ、コンガリ焼けて死んだそうです。

同じノエル姓であったので、自分はバーニーの家族のような扱いとして、彼の死体に対面が叶いました。

昨日まで笑顔で話し合っていた彼は、苦しそうな顔で身体《からだ》をパンパンにして、目を見開いて死んでいました。

軍での自分の唯一の知り合いで、幼馴染みだった少年の死はとても辛かったです。

嘘《うそ》だと言ってよ。


【四月二日　朝】

「昨日はいきなり実戦になって災難だったな。昨日の今日だ、さすがに敵さんも一息入れるだろう」

「……はい」

いきなり戦場へ出撃させられた翌日。

バーニーの死を悼《いた》む暇もなく、自分はガーバック小隊長に呼び出されてオリエンテーションを受けました。

「ようし。貴様は回復魔法を使えるらしいな。しばらくは、俺の背後で……」

「使えません」

「……ん？」

ここで自分は、小隊長が大きな誤解をしている事に気付きます。

確かに自分は回復魔法の適正を見出《みい》だされましたが、まだやり方を習っていません。

その場で学べとだけ聞かされ、一切訓練を受けずに前線送りにされたのです。

「……。じゃあ貴様は何ができるんだ小娘」

「何も、できません」

「じゃあ何をしに此処《ここ》に来た？」

来たくて来たわけではありません。

ほぼ選択肢もないまま、戦場送りにされました。

まあ、そんなこと言ったらぶん殴られそうなので言いませんが。

「何もできないなりに、国に貢献しようと思いました」

「はっ！　心掛けだけは一丁前だな、小娘。生意気なんだよ！」

「……ぐっ!!」

結局ぶん殴られました。

「今の貴様は邪魔者だ、ごみ虫だ、無駄飯食らいの寄生虫だ。俺がベテラン衛生兵を紹介してやるから、とっとと技術を身に付けやがれ」

「ありがとうございます」

酷《ひど》い世界です。これがリアルの戦争なんでしょうか。

割とファンタジー要素が強い世界観だから、もっと和気あいあいと戦争してると思ってました。

勇者の魔法ドーン！　とか、ドラゴンブレスぶしゃー！　とか。

「じゃあ、ついてきやがれ。その辺の死体踏むなよ、蛆《うじ》湧いてるから」

「……気を付けます」

別に、勇者とかそんな人はいなくて。戦争は前世と同じく、人間と人間が血みどろで殺し合いをするだけでした。

やはりファンタジー世界でも、戦争は泥臭く汚いものみたいです。


「貴女《あなた》がガーバックの部隊に配属されちゃった新兵ね。御愁傷様」

「……」

自分が小隊長に「さあ学んで来い」と連れて来られた先にいたのは、軍服を着た優しそうなお姉さんでした。

泣き黒子《なぼくろ》がチャーミングな、胸の大きい美人でした。

「私の名前は、ゲール。階級は衛生少尉で、この衛生部を統括する衛生部長よ」

「どうも。自分はトウリ二等衛生兵と申します」

「よろしくね」

自分が敬礼しながら自己紹介に応じると、ゲールさんは微笑《ほほえ》みを返してくれました。

思わず溜息《ためいき》を吐《つ》きたくなるような、美しい笑顔でした。

「アイツ馬鹿……ん、おっほん。突撃することしか頭にないから、付き合わされる方は大変でしょ」

「いえ、まだ着任したてなので、その」

「あらそう。じゃ、そのうち分かるわ」

そんな凄《すご》い美貌《びぼう》の持ち主であるゲールさんは、自分への教育を押し付けて立ち去ったガーバック小隊長の後ろ姿を流し見て、

「ガーバックは突撃兵としては優秀よ、殺される恐怖より敵を殺す高揚感の方が勝《まさ》ってるから。ビビらずガンガン敵陣に突っ込めて、なおかつ勇猛なもんで戦果もかなりあげてる」

困ったような顔で、彼の愚痴をこぼし始めました。

「ただし、自分の部下を盾に使うことでも有名なの。突っ込み過ぎたと思ったら、部下を蜥蜴《とかげ》の尻尾《しっぽ》のように切り捨てて真っ先に逃げ出すのよ」

「……」

「それも何の罪悪感もなく。ガーバックの奴《やつ》、自分が死ぬより部下が死んだ方が損害が少ないって思ってるみたいね」

いきなり上官《ガーバック》の悪口を聞かされて返答に困っていると、彼女はそのまま言葉を続け、

「ただし、一応言っとくと馬鹿な命令でも、上官の命令には絶対服従よ。ガーバックの奴、命令違反者は容赦なく処罰するから」

「存じております」

「命令に逆らって処刑された場合、遺族に弔問金も行かなくなっちゃうらしいわ。どうせ死ぬなら、あの馬鹿の命令通りに死ぬことね」

その理屈でいくと、そのうち自分が死んでしまうのは確定っぽいです。

戦場に来ることで、自分の前世で培ったＦＰＳ技能を少しでも有効活用できるかと思いましたが……。

そもそも兵士の行動はすべて上官の命令ありき。

自分で判断して行動する機会なんぞほぼないですよね。

「ま、せいぜい長生きしてちょうだい。これからよろしくね」

ゲールさんの話を聞く限り、自分はどうやら最悪なタイプの上官に当たってしまったようです。

ゲームの戦争はあんなに楽しいのに、リアルな戦争は地獄です。

中途半端にファンタジー要素があったせいで、自分は少し楽観し過ぎていたと気づきました。

ああ、今では兵士に志願した自分が恨《うら》めしくてたまりません。孤児院の財政とか気にせず、恥も外聞もなく逃げ出すべきだったと後悔しています。

ですが、もう地獄に来てしまったものは仕方ありません。自分にできることは、一日でも長く生き延びるべく足掻《あが》くしかないのです。

【四月三日　夕】

「えっと、【癒《ヒール》】！　こうでしょうか」

「あら、お上手《じょうず》ね」

自分が西部戦線に配属されてから三日間、初日以外に大きな戦闘は起こりませんでした。

その間に自分は、他の新兵数人と共にゲール衛生部長から講義を受けました。

「おめでとう、これで貴女も晴れて衛生兵よ」

「ありがとうございます」

部長の講義はわかりやすく、自分たち新米衛生兵は全員、回復魔法を使えるようになりました。

そしてどんな形にしろ回復魔法を使えたら、衛生兵と認められるそうです。

例え今の自分の回復魔法が、擦り傷を治す程度の効果しかないエセ回復魔法でも。

「衛生兵は、この前線に数十人ほど所属しているわ。逆に言えば、この広い戦線で回復魔法を使える兵士はそれっぽっちしかいない」

「はい」

「貴方たち五人も、非常に貴重な戦力よ。よく働いてちょうだいね」

今期の新人衛生兵は、自分を含めて五人だそうです。

この前線には、十万人近いオースティン兵が出征しています。

そのうち衛生兵の割合は、兵士全体の０・０４～０・０５％ほど。

回復魔法の使い手は、とても貴重です。

「トウリ、貴方は魔力量が少し多めね。だから、頑張れば二回分くらい回復魔法を使えそう」

「二回ですか」

自分のホ○ミは、魔力量的に二回分らしいです。魔法専門職にしちゃ、少し物足りなくないでしょうか。

目の前で講義してくれているゲール衛生部長は、授業中にもう四、五回は回復魔法を使っていますけど。

「ええ、新米にしては素晴らしい数字よ」

「新米にしては……」

「魔力は鍛えることができるから。生き残って何度も経験を積めば、ドンドン使える回数は増えていくわ。十回以上使えるようになれれば、優秀な術者として後方部隊に転属もできるわよ」

なるほど、要は自分がまだ低レベルだから使用回数が少ないんですね。

そして、魔力量が増えるとご褒美?として　安全な場所に移動できると。

……それ、逆では?

「あの。失礼ながら自分たち回復魔法使いは、後方で経験を積んで回数を使えるようになったあと、前線に送る方が効率的では……？」

「衛生兵をゆっくり、後ろで教育する時間も場所も施設もないわね。この国はもう末期なのよ、こんな兵士とも言えないレベルの娘《こ》をいきなり前線送りにしないといけないくらいには」

貴重な回復魔法使いなら大事にしろと突っ込みたかったのですが、そんな余裕は無いようです。

もう十年以上、戦争は続いています。きっと優秀だった兵士や指導者は、既に戦死しているのでしょう。

だから、こんな馬鹿な方針がまかり通ってしまっていると思われます。

「あ、そうだ。トウリ、貴方には【盾《シールド》】の魔法も教えておくわ」

「【盾《シールド》】ですか？」

「そう。あのガーバックについていくなら、とっさに身を守る術を持っておかないと。本当なら装甲兵《タンク》向けの魔法なんだけど、私たち衛生兵が習得することも多い魔法よ」

興味がある子は、トウリの傍《そば》に来なさい。衛生部長はそう言って、コホンと咳払《せきばら》いをした。

その魔法、非常に興味があります。自分の生存率に直結しそうじゃないですか。

「この【盾《シールド》】は、魔力の障壁《しょうへき》を展開することができるの」

「障壁、ですか」

「軽い攻撃魔法や、投擲物《とうてきぶつ》などは防いでくれるわ。砲撃魔法や銃は、防げないけど」

衛生部長が掌《てのひら》を向けた先に、薄紫のガラスのような板が出現します。

それに触ってみると、まあまあの強度の板のような物体でした。

「これが咄嗟の時、命を救ったりするわ。自分だけじゃなく、仲間の命もね」

「おお……」

「トウリは習得必須《ひっす》だけど、他の子も興味があれば練習してみなさい」

確かに、これは有用そうです。

前世のゲームでも、似たようなスキルがあった気がします。あっちは銃弾でもなんでも防げてましたが。

ベテラン衛生兵のこういう助言は、非常にありがたいものです。

教えられた技術はしっかり習得して、ガーバックの無茶振りに備えるとしましょう。


【四月四日　朝】

「何時《いつ》まで寝ている！　この蛆虫ども‼」

西部戦線に配属されて、四日目。

「本小隊は、たった今より敵地への侵攻作戦の任務につく！　急ぎ準備せよ」

「了解しました」

まだ日も出ていない早朝、自分はガーバック小隊長の怒声で目を覚ましました。

寝起きで頭が働いていませんが、どうやら今すぐ出撃するようです。

うぅ……、地べたで寝たせいで身体中が痛い。孤児院のベッドが恋しいです。

「ガーバック隊長……、え、今からっすか⁉」

「この馬鹿モン！　命令に口答えするか！」

自分はすぐに着替えて装備の点検を始めましたが、同僚の新米二等兵……、確かサルサ君が余計な口を利いて殴られていました。

ああ、何故《なぜ》わざわざ地雷を踏みに行くのでしょうか。

「いえ、こんな直前じゃなく、前もって教えておいていただければ」

「貴様、さてはスパイか⁉　大事な軍事作戦を、事前に貴様に説明する必要がどこにある！」

「ご、ごめんなざい！　痛い、殴らないでください！」

そうです。下級兵士である我々には、いつ出撃になるかなんて作戦を説明してもらえるはずがありません。

こうしていきなり、出撃せよとの命令が下るのです。

「マリュー上等歩兵分隊、以下三名、準備整いました」

「アレン偵察隊《ていさつたい》、以下二名、準備整いました」

「トウリ二等衛生兵、準備整いました」

「サ、サルサ二等兵！　準備整いました！」

「よし」

このガーバック小隊というのは、小隊長のガーバック軍曹を指揮官とした十人編成の小隊です。

しかし現時点で十人に満たないのは、四日前の戦闘で三人の戦死者が出たからです。

その後、小隊長殿の申請でサルサ二等兵が補充され、現在八名です。

因みにサルサ君はつい四日前にこの戦線に到着したばかりの新兵。つまり、自分と同期になります。

「マリュー隊が先行せよ、アレン隊は俺の横で待機。トウリとサルサは、俺の真後ろについてこい」

「了解しました、小隊長殿」

ガーバック小隊長の号令に、雄々しく返事する精悍《せいかん》な顔立ちの兵士さんたち。

自分はこの三日間、ずっとゲール衛生部長の下で講習を受けていましたので、まだガーバック小隊のメンバーと挨拶を交わしていません。

あんまり喋ったことがない人と、いきなり、命懸けのチーム行動を取らされるわけです。不安です。

しかし、変に仲良くなってなくてよかったのかもしれません。

この場にいる全員が、生きて今夜を迎えられる可能性は低いでしょうから。

【四月四日　夕】
「おお、さすが魔砲部隊《まほうぶたい》だ。俺たちの仕事、殆ど残ってないんじゃないか」

今日の攻撃は、魔砲部隊による遠距離砲撃から始まりました。

じっくりと数時間かけて、敵の構築した塹壕《ざんごう》や土嚢《どのう》を焼き払っていきます。

これがこの世界の一般的な戦術で、歩兵が突撃する前に砲撃魔法で準備砲撃を行い、敵兵を殺しておくのが定石《じょうせき》だそうです。

この準備砲撃に時間をかければかけるほど、敵の数は減っていきます。

すると、より少ない損害で領土を確保できるのだそうです。

「すごいものですね」

「戦争の主役は、悔しいがあいつらだ。俺たちが必死こいて敵に突撃して首を切り飛ばすより、あいつらがコソコソ遠くからぶっ放した魔砲攻撃の方がよほど敵に損害を与えることができる」

「ならどうして毎日、砲撃しないんですか？」

「そりゃ、あいつらが大掛かりな魔法を発動するためには大量の魔石を消費するからさ。毎日砲撃なんてしてたら、予算がいくらあっても足りねぇ」

それに、と小隊長殿は話を続けました。

「敵に攻撃を読まれて、砲撃予定の陣地を空にされたら大損だ。相手が確実にその陣地にいるって確証がないと、できないのさ」

「なるほど、勉強になります」

「よろしい、じゃあ五分後の砲撃終了と同時に突撃だ。本小隊の戦術目標は川岸まで前進、可能であれば他部隊と連携して川を確保する」

そう宣言すると小隊長殿は獰猛《どうもう》な笑みを浮かべ、自らの腰に差した銃剣を引き抜きました。

「さあ、虐殺《ぎゃくさつ》の始まりだ。心の腐った侵略者どもを、野犬の糞《くそ》に変えてやろう」

その言葉と共に、自分たちガーバック小隊は敵陣地へと突撃していきました。


結果は、散々でした。

「小隊長殿！　どこからともなく、炎が湧き上がって────」

「くそったれ！」

自分たちが突っ込んだ先にあったのは、死体一つ転がっていないがらんどうの焼けた敵陣地でした。

それを見て怪訝《けげん》な顔をしていた小隊長は、やがて周囲から味方の悲鳴が上がったのを聞いて、慌てて撤退を宣言しました。

「引くぞ、もうすぐここは集中砲撃される！　作戦読まれてんじゃねーか、参謀部は何してやがる！」

「た、助けて、死ぬ！　焼け死ぬ！」

「サルサはそこで勝手に焼け死んでろ！　ノロマ！」

何もないように見える地面から、突然に沸き上がった炎を浴びて、サルサ二等兵は転げまわっています。

おそらく設置式魔法陣、と呼ばれる罠《わな》でしょう。

これは踏むとコンガリ焼けてしまう、地雷みたいな魔法だそうです。

前もってこんな罠を仕掛けているあたり、本当に今日の攻勢は敵にバレていたようですね。

「そのまま激しく、地べたに転がってください！　土をかけ消火します！」

「あ、あっつぅ！　早く、早く！」

「うんっしょ！」

同期を放っておくわけにはいかなかったので、自分は土をまぶして消火を手伝ってあげました。

そして、既に撤退を始めている小隊長たちの方へと一緒に走ります。

「あ、足がっ‼」

「……、了解です。ちょっと待ってください」

しかしサルサは立ち上がることができず、その場に崩れ落ちました。

見れば、彼の足はパンパンに水膨れしており、歩ける状態ではなかったのです。

「……【癒《ヒール》】。……【癒《ヒール》】」

「あっ、はぁ、あ」

「重ね掛けをしました、自分の拙《つたな》い魔法でも少しはマシになったでしょう」

おまじない程度の効果しかない、回復魔法。

それを繰り返した結果、サルサの足の腫《は》れはわずかに引いてくれました。

まだかなりの重傷ですが、自分は二回の連続使用しかできません。

「それで走れないのであれば、すみません、自分はサルサを見捨てなければなりません」

「う、ぐっ」

「自分に、貴方を背負って走るだけの体力はありません」

「わかった。走る、走るから置いていかないでくれ！」

おそらくまだ激痛が残っているであろう足で地面に立ち、サルサは再び走り出しました。

それを確認し、自分も全力で撤退を再開します。

どうやら敵からの砲撃魔法は始まっているらしく、そこかしこに爆音と断末魔の叫びが響き渡っていました。

「はぁ、はぁ、はぁ！　これ、死んじゃう、本当に」

「ええ、神頼みですね。砲撃が自分たちの方向へ来ないことを祈りましょう」

自分たちは走りました。

既に、遙《はる》か先へ走り去った先輩兵士たちを追って、爆音におびえながらひたすらに駆けました。

四方八方に、敵の攻撃とおぼしき爆裂音と猛火が湧き上がっています。

あれらが直撃したら、ひとたまりもありません。

「……はぁ、はぁっ」

自分は、もともと体力のある方ではありません。

前世では運動不足なゲーム廃人でしたし、今世では孤児院の図書室に引き籠《こ》もっていた本の虫でした。

もう、どれくらい走ったでしょうか。

命の危機に瀕《ひん》し異常にアドレナリンが分泌されているおかげで走れていますが、普段ならとっくに気を失っているほどの運動量です。

「死にたくない、死にたくない！　おっ母ぁにまだ、何も返せてねぇ！」

「それだけ叫ぶ元気があれば、走ってください」

サルサは、存外に元気でした。足が痛くてたまらないだけで、絶叫しながら走る余裕はあるようです。

自分は、さっきから息をするたびに血の味しかしません。

「うあああああああ！」

果てしなくうるさいサルサの隣で、走ること数百メートル。

非常に幸運なことに、自分とサルサは砲撃魔法の直撃を受けることなく自軍の最後方陣地まで撤退することができました。

ここならば、敵の砲撃も届かないでしょう。

「……」

「あれ？　お、おい！　トウリ⁉」

ゴールにたどり着いた直後から、何も覚えていることがありません。

話を聞くに、どうやら自分は意識を失ったようです。

そして自分は、サルサ君に医療施設まで運んでもらったと聞きました。

【四月五日　夕】

「このドアホ!!」

目が覚めた後。

小隊長に召喚された自分を待っていたのは、鉄拳での制裁でした。

「なぜ、俺の許可なく回復魔法を行使した。なぜ、俺の撤退命令に従わずサルサを救助した!?」

「すみません」

どうやら自分がサルサを救助し、撤退が遅れたのが命令違反にあたると捉えられたようです。

そんなつもりでは無かったのですが、ここは余計なことを言わない方がよさそうです。

「同期で情が湧いたか？　そのせいで貴様、どれだけ周囲に迷惑をかけたと思う!?」

「……分かりません」

「そうか、教えてやろう。たまたま、だ。たまたま俺も貴様も、敵の砲撃を受けることなく帰還することができた。非常に幸運だったな、え？」

「はい、非常に幸運でした」

そう答えた瞬間、腹に鈍い衝撃が走ります。

どうやら小隊長は、自分の腹を殴打したようです。

「────っ」

「仮定の話だ。もし不運にも、この俺が砲撃を受けてしまい。その時、遅れてきた貴様が通りかかったとする」

「は、い――」

「その時、貴様。俺を救助する魔力は残っていたのか？」

続けてバシン、バシンと頬を平手打ちされ。

最後に、忌々《いまいま》しそうな顔で、小隊長は自分を思いきり蹴っ飛ばしました。

「貴様がしたのはそういうことだ。あの蛆虫以下の新兵を救うため、この俺の命を危険に晒《さら》したのだ」

「申し訳ありません」

「回復魔法を使うのは、上官の許可が必須！　俺の許可なく魔法を行使するなど、言語道断！」

「すみません」

「そもそも貴様の回復魔法は、俺以外に基本的に行使されることはないと思え！　何のため、俺がわざわざ衛生兵の補充を要請したと思う！　俺がより深く敵陣に切り込んで、戦争を終わらせるためだ！」

小隊長の暴行は、苛烈《かれつ》でした。

その余りの激しさに軍服も破れたし、そこから覗《のぞ》く脇腹は赤く腫れあがっていました。

苦痛がひどすぎて、言葉を返すのも絶え絶えです。

「懲罰《ちょうばつ》だ。貴様は本日、昼食抜きとする。そして、俺のテントの前で陽《ひ》が落ちるまでそのまま、直立姿勢で立っていろ」

「……はい」

それが、自分に下された罰でした。


昼を過ぎ、空に赤みがかかった頃。

顔を痣《あざ》だらけにして立たされている自分に、サルサが話しかけてきました。

「ごめんよ、すまねえ」

「これは、自分の落ち度です。貴方が気にする必要はありません」

正直、ガーバックの体罰はどうかと思います。明日以降の戦闘に支障が出るレベルで、部下を殴打するのは非効率的としか思えません。

しかし、回復魔法の行使に上官の許可を得るのは、考えてみれば当然っちゃ当然でした。

そこの確認を怠《おこた》り、独断専行に走った自分に間違いなく落ち度はあります。

「でもよ、トウリが助けてくれなきゃ俺……」

「死んでいたでしょう、小隊長殿に見捨てられていましたから。自分の罰を気に病む必要はありませんが、命を救った恩義はぜひ感じてください」

「も、もちろんだ！」

サルサは、まるで女神でも見るような顔で自分を見ていました。

これは少し、宜《よろ》しくないかもしれません。

「恩義を感じてもらえるなら、おなかがすいているので夕食を少し分けてくれませんか」

「……お、おお」

「それでチャラで良いです」

「安いな、命の恩……」

正直、自分は彼とあまり仲良くなるつもりはないです。

まぁ、だって十中八九すぐに死ぬでしょう、この人。

まだロクに行動を共にしていませんが、かなり迂闊《うかつ》だし空気も読めないし、とても終戦まで生き残れそうな優秀な兵士には見えません。

そして自分は仲良くした人間が死亡したら、かなりダメージを受けるタイプです。

どうせ傷付くなら、最初から仲良くならない方が良いのです。

愛など要らぬ。

「まあいいよ、昼飯抜いたらそら腹も減るわな」

「ありがとうございます。では、自分は太陽が沈むまで起立していないといけないので」

「おう。俺も今さっき、小隊長殿に呼ばれたんだ。ここで失礼するぜ」

サルサはそう言って自分に敬礼した後、小隊長殿のテントへと入っていった。

戦友とは、このくらいの距離感で良いでしょう。

仲良くしすぎず、かといって敵視せず。

戦いのときは連携を取れど、プライベートでは会話も多くなく。

短い期間でしょうが、サルサ君とはうまくやって行けそうです。

「このアホ、ボケ、カス！　死ねオラァ‼　せっかく拾ったその命、そんなに投げ捨ててえなら俺直々《じきじき》に始末してやるわ！！！」

「ごめんなさい、ごめんなさい、ごめんなさ――――」

数分後。

彼は、自分より重傷を負ってテントの前に立たされました。

「……」

「……」

サルサの顔面は腫れあがって、ところどころ出血しています。鼻から真っ黒な液体をタラタラ流していて、右腕は……折れてそうですね。

これは、やはり指導の域を超えています。おそらく回復魔法でケアしようと、数日サルサは戦闘行為に耐えません。

どう考えても非効率的です。

「くそぉ、痛ぇ……」

「あの。何をやらかしたんですか、サルサ二等兵」

「昼のブリーフィング忘れてた……」

「はぁ」

ですが、この男も大概ですね。

ここまで強く殴らないと矯正《きょうせい》が期待できないという小隊長殿の判断なのでしょうか。

「あの、コレめちゃくちゃ痛くてさ。トウリ、その、こっそり回復魔法とか、使ってくれ

たりしない？」

「自分が叱責《しっせき》された理由は、許可なく魔法を行使したからです。その罰則で立たされている時に、許可なく魔法を行使なんてしたら小隊長殿に縊《くび》り殺《ころ》されます」

「……デスヨネ」

この男は本当に反省しているのでしょうか。また自分を、体罰の嵐に放り込むつもりでしょうか。

そもそも使っていいとしても、先に自分に使います。自分だって、重傷なのです。

「後さ。ごめん、トウリ。夕食抜きって言われた……」

「……」


【四月七日　朝】

西部戦線に配属されて、本日で一週間になりました。

自分は幸運にも、未だ死なずに今日も生きております。

頼りない同期、暴力的な上官と苦労の種は多いですが、故郷の孤児院のために今日も頑張りたいと思います。


昨日、自分は衛生部の先輩から最近の戦況について教えていただきました。

自分が配属されたこの西部戦線は、東西戦争と言われ十年続いている我が国「オースティン」と敵国「サバト連邦」の戦争の最前線です。

開戦当初は、サバト連邦との国境となっていたタール川を起点に一進一退の攻防を繰り広げていたそうです。

しかし少しづつ戦線は押し込まれ、現在タール川流域一帯は敵の占領下となっているそうです。

それもそのはず。現時点での戦力差は、我が軍の総勢十万人に対し、敵推定兵力は十八万人だそうです。そりゃ勝てません。

それでもオースティン軍は諦めず、虎視眈々《こしたんたん》とタール川の奪還を狙っているそうです。

四日前の突撃作戦も、タール川の奪還が目的だったんですね。

しかしその作戦が敵に漏れていたのか読まれていたのか。砲撃した敵陣はもぬけの殻であり、味方の魔砲部隊による砲撃は空振りに終わりました。

それどころか、突撃したガーバック小隊などの歩兵部隊は凄い損害を出して壊走《かいそう》してしまいました。

その結果、我々が放棄した陣地や物資は敵に奪われ、戦線は百メートル以上も後退する羽目になりました。

タール川が、ますます遠退《とおの》きます。

そして現在、我々は後退したラインを軸に急ピッチで新たな塹壕を構築している最中です。

塹壕は重要です。こうやって戦線が動いた後、歩兵さんは一日ショベルを手に穴を掘っていらしいです。

命懸けの戦闘一割に対して、命懸けの土木作業が九割。

それが、前線兵の日常なのです。


「起床時刻です。速やかに、準備してください」

「う、うう……。トウリか、おはよう」

下っ端兵士の朝は早いです。

空が白み始める午前五時に、小隊の定期ブリーフィングがあります。なので、その時刻までに起床して装備を点検し、いつでも出撃できるように準備を整える必要があります。

アラームなんて便利なものはないので、お寝坊さんは同僚や寝ず番の方に起こしてもらいます。

自分はストレスのせいか眠りが浅く、周囲がザワザワし始めると目が覚めるようになったので寝起きには苦労しませんが。

「自分はもう準備を済ませております。サルサが遅刻をすると自分も連帯責任を負わされるので、速やかに準備を整えてください」

「わ、分かった」

その日の出撃の有無は、ブリーフィングで知らされます。

ブリーフィングに顔を出したら即出撃、なんてケースもあり得るので遅刻するわけにはいきません。

そして下っ端たる自分の寝床は、砲撃音の鳴り響く塹壕の中です。

衛生部宿舎は後方に設置されているのですが、自分はガーバック小隊所属なので前線で寝ないといけないのです。

小隊長たるガーバックには個人用テントが支給されていますが、下級兵士にそんなものはありません。

長々と掘った穴に、男も女も並んで雑魚寝《ざこね》です。

「着替えるのが早いなぁトウリは」

「朝一番で着替えないと、色んな人に見られますからね」

ここは最前線の塹壕ですので、女性に対する配慮などはありません。

男に混じって着替えさせられますし、用便の場所も男女共用です。

噂《うわさ》によると女性兵士は寝ている間に身体をまさぐられたり、襲われたりする事もあるらしいです。

しかし強姦《ごうかん》行為はもちろん軍規違反なので、上官に報告したら相当の罰則が課されます。

何なら合意の上であっても、女性兵士が妊娠すると戦線離脱になるので重罪です。

「トウリ二等衛生兵、準備整いました」

「サルサ二等兵、準備整いました」

「よし、ブリーフィングを開始する」

ガーバック軍曹は傲慢《ごうまん》で暴力的ですが、軍規に非常に厳しいそうです。

なので自分がそういう被害にあった場合、間違いなく適正に処分が下してもらえるとゲール衛生部長はおっしゃっていました。

ガーバック軍曹は、軍規に則れば平気で部下を殺します。

そのおかげか、今のところガーバック小隊のメンバーからセクハラじみた扱いを受けたことがありません。

「トウリ二等衛生兵に令を下す。本日はゲール衛生部長の指揮に従って行動するように」

「了解いたしました。令を復唱します、自分は現時刻から明朝五時までの二十四時間、ゲール衛生部長の指揮に従って行動を行います」

「よろしい」

本日の指令は、ゲール衛生部長の手伝いでした。

衛生兵は普段、戦線の最後方――――砲火の及ばない後方拠点に軍用テントで野戦病院を構築し、負傷兵の治療にあたっています。

殆どの衛生兵は、そこで働いています。自分みたいに歩兵小隊所属の衛生兵も、戦闘の無い日は野戦病院の手伝いに駆り出されるのです。

この業務は衛生兵としての修行になりますし、最後方なので安全ですし、ゲール衛生部長含め衛生部の皆さんは優しいので最高です。

ひたすらキツい肉体労働である穴掘りに参加しなくても良いのは、衛生部の特権と言えましょう。

隣のサルサ君は「今日も穴掘りか……」と、こっそりボヤいていますが。

そして、最近知ったことがあります。

ガーバック小隊長は安全な後方で、テント宿泊を許可されているのですが……、それは彼が当戦線の『エース』の一人だからだそうです。

ガーバック小隊長は新兵とはいえ衛生兵を編成に加えられたり、自分のテントを持っていたりと妙に優遇されていると思いましたが……。

それらは全て彼自身の功績によって認められた権利だそうです。

「だからこそ、奴の傍若無人《ぼうじゃくぶじん》を咎《とが》める人がいないのよね。文句があるなら俺以上の戦果を挙げてみろ、と言われたら皆黙ってしまう」

「それは、何というか。直属の上官が優秀なのは、心強いことです」

「アイツは馬鹿なだけよ。自分の命や仲間の命を軽視した突撃を繰り返して、運よく生き残ってる」

仲間を囮《おとり》に、見殺しにしてね。と、ゲール衛生部長は嫌な顔をしました。

「死んだ部下の功績も、全部ガーバックに帰属するもの。無謀な突撃を繰り返し、危なくなれば部下を見殺しにする事で功績を上げる。……突撃兵としては優秀かもしれないけど、指揮官としては最悪よね」

「その。ゲール衛生部長、あまりそう言った発言は」

「ああ、確かに。ごめんなさい」

放っておくといつまでもガーバックの悪口をつづけそうだったので、やんわりと窘《たしな》めておきました。

確かに自分もガーバックにあまりいい印象を持っていませんが、衛生部長も他の兵士の悪口をその部下に吹聴《ふいちょう》するのはどうかと思います。

「どうしてもガーバックの事になると、感情的になってしまうの。私、アイツに弟を殺されたから」

「……」

「今でも思い出すわ。弟のドッグタグだけ手渡されて、戦死を告げられたその日。ガーバックは私に『貴女の弟のお陰で、我々の領地は二十メートルも進んだ』と笑いかけてきたのよ」

「それは、その」

「後で話を聞けば、単なるアイツのミスの尻拭い。調子に乗ったガーバック小隊が突出《とっしゅつ》してしまい、私の弟を置き去りにして撤退したそうよ」

そう話すゲール衛生部長は、まさに般若《はんにゃ》の表情でした。

「アイツの小隊に衛生兵を派遣しろって要請を受けた時、私は徹底して反対してたんだけど……。軍の上層部が認めちゃってね。貴女には貧乏くじを引かせちゃったわ。ごめんなさい」

「いえ、命令に従うのが軍人です」

「そう。私にできることがあれば協力するから、頑張ってね」

なるほど、そういう背景があったからゲール衛生部長はガーバックに批判的なんですね。

確かに、小隊長殿のミスの尻拭いで死にたくはないです。

しかし現状は、自分よりサルサ二等兵の方が囮要員として優先度が高そうです。貴重な回復魔法の使い手を、そうホイホイ囮にはしないでしょう。

なので彼が生き残っていてくれる限り、自分は安全と言えるかもしれません。

がんばれサルサ君。


【四月七日　夕】

今日は一日、野戦病院で衛生兵として業務に従事しました。

とはいっても、新兵である自分はまだ戦力と言えるほど役に立っておりません。

なので自分は同期の衛生兵と共に、先輩から指導を受けて手伝いを行っています。

「魔力行使が甘いっ！　こう、がーっとやってパって感じなのだぁ！」

「先輩、恐縮ですがもう少し具体的な」

「だから、グッとガッツポーズしてな？」

色々な先輩の指導を受けてみると、いかにゲール衛生部長の講義が分かりやすかったかと感じました。

回復魔法のコツを、理論的に説明するのは非常に難しいようです。

殆どの先輩は、割とアバウトな助言しかしてくれません。

ただ、ほぼ全ての先輩が共通して言うには、

「回復魔法は、数をこなしたら段々理解できてくる」

とのことでした。習うより慣れよ、ということみたいですね。

野戦病院では、回復魔法の需要に事欠きません。

自分は比較的軽傷の兵士を割り当てられ、練習をさせていただきました。

まだ魔法を習い始めて一週間ですが、初めて回復魔法を行使した時より効果が増している気がします。

経験を重ねれば魔法が上達するのは事実のようです。

こうしてスキルアップを実感できるのは、楽しいです。侵攻作戦なんか行わず、ずっとこうしていられたら良いのですが。


【四月八日　朝】

「前回奪われた陣地を奪還する。ガーバック小隊、出撃だ」

翌日、再び自分たちに出撃命令が下されました。

やはり最前線に来ている以上、平和に過ごすことなど夢物語なようです。

「まだ、敵は新たに得た陣地の構築を完了できていないと想定される。おそらく今、急ピッチで物資の整理と塹壕の補強作業を行っているところだろう。そこを砲撃し、その後に我々が突撃、制圧する」

「了解しました」

作戦は前回と同様、魔砲部隊による砲撃の後に自分たちが突撃し制圧する作戦らしいです。

……前回の失敗が頭をよぎり、少し不安でした。

「サルサ二等兵、トウリ二等衛生兵。貴様らは、今回も俺の後ろにつけ」

「はい、小隊長殿」

「次に命令違反を犯した場合は、即座に銃殺する。覚悟して任務に臨め」

「承知しております」

前回やらかした自分に、小隊長はしっかり釘《くぎ》を刺してきました。

自分が命令違反で処刑されたら、孤児院にお金が入りません。

……憂鬱《ゆううつ》ですが、危険な命令を出されても逆らわず、おとなしく死ぬとしましょう。

「ようし、行くぞ。貴様らに、このガーバック流の突撃を見せてやる！」

これから戦いに行くというのに、小隊長は満面の笑顔でした。人を殺せるのが嬉しくて仕方ないといった表情です。

この人は殺される恐怖より、敵を殺す喜びの方が上回っているのですね。

「異国のクズどもを、汚ぇ泥まみれのミンチにしてやれ」

……長いこと戦場にいたら、人間は皆こうなってしまうのでしょうか。

この戦争の終わりは、なかなか見えていません。

もう十年もの間、我が国はこの戦線の陣取り合戦を繰り返しているそうです。

こんな話を、先輩の衛生兵に聞きました。

タール川付近の地面は、以前は豊かな草原とフカフカな茶色い大地が広がっていたそうです。

しかし、今のこの場所は殆どが黒土に置き換わってしまっています。

その理由は簡単。

土の鉄分含有量が上がると、色が黒くなるそうです。

この土地では、土の色が変わってしまうほどの血が流され続けたという事です。

「……」

自分は今日も、真っ黒な土を踏みつけて銃弾の飛び交う平原を駆けます。

この土は、今自分が踏みつけているモノは、誰かの大切な家族の一部だったのかもしれません。

我が国の津々浦々から集められた鉄分が、今日もこの地に撒《ま》き散《ち》らされます。

この戦場では生きていられるだけで、途方もない幸運なんです。

死にたくない。こんな陰気な場所で、ただ土を濡《ぬ》らす鉄分になりたくない。

その一心で、自分は小隊長殿の背中を必死で追うのでした。


【四月八日　夕】

「突撃ィ！！！！！」

魔砲部隊の爆撃が五時間ほど続いた後、ガーバック小隊長は突撃の指示を出しました。

自分は、敵を攻撃する指示を受けませんでした。

ただ合図と同時に塹壕から飛び出して、敵からの銃弾が飛び交う平原を駆け、次の塹壕まで全力疾走しろとだけ言われました。

「トウリは、俺の後ろから離れるな！　サルサは、命に代えてでもトウリを守れ！」

「了解です」

「ハイっす！」

小隊長殿はどうやら、サルサや自分を戦力として期待していないみたいです。

自分は単なる回復役、そしてサルサは自分を守る肉壁と見なされているのでしょう。

サルサ自身も、ある程度それを自覚しているようなのですが、

「令を復唱しまっす！　俺は命に替えても、トウリ二等衛生兵を守るっス」

「良い意気だ！　言ったからにはやり遂げろ」

何か妙に、サルサに気合いが入っている気がしました。捨て駒扱いされて、何でそんな士気十分なのでしょうか。

まあ、気合を入れて護衛してくれるならそれに越したことはありません。

それに、今の小隊長殿の言い方だとやはり、自分よりサルサ二等兵の命の価値の方が安そうです。

少し安心しました。

この日の突撃作戦は、どうやら成功の様子でした。

三日前と違って敵の焼死体がそこら中に転がっており、ツンと焼けた人肉と鉄の匂いが

鼻腔《びくう》を直撃します。

「ガハハハ、敵もこんなに短期間で攻めてくるとは考えていなかったらしいな。生き残った害虫どもに引導を渡してやれ！」

ガーバック小隊長は、高笑いと共に敵陣に切り込んでいきました。

四方から銃声が鳴り響き、爆音と血飛沫が舞う戦場で、まるで水を得た魚のように楽しそうに。

「……は、速っ」

「小隊長殿に置いて行かれぬよう、速度を上げますよサルサ」

ガーバック小隊長は、他の誰より先駆けて突進し続けました。

自分たちも全力疾走しているのに、その背中はどんどん離れていきます。

「チェストぉぉぉ!!　俺の刀の錆《さ》びになりやがれ！」

追従《ついじゅう》させられる自分は『無謀な突撃はやめてください』と内心悲鳴をあげていました。

小隊長殿は周囲の援護を置き去りに、たった一人で銃弾の雨に向かって飛び込んでいきます。

一人でどんどん突出していくその勇猛さは、自殺志願者にしか見えません。

ですが、おかしなことに先陣を切って切り込んでいるはずの小隊長殿の後ろこそ、この戦場で一番の安全地帯なのでした。

「何で銃弾が当たらないんだ、あの人！」

「……斬ってますね、銃弾」

なるほど、忘れていました。

あんまりにも泥臭い戦争をしているので頭から抜け落ちていましたが、この世界は剣と魔法のファンタジーです。

小隊長殿は、剣士なのです。それも銃弾くらいなら切り落とせる、熟練の。

「何で銃弾切りながら走ってる小隊長の方が、俺らより足速いんだよ！」

「知り、ませんっ……！」

小隊長殿の戦闘は、凄まじいの一言でした。

彼は敵の潜《ひそ》んでいる塹壕に飛び込んでは、血飛沫をまき散らし制圧していきました。

自分やサルサはただ、金魚《きんぎょ》の糞の如《ごと》く小隊長殿についていくだけです。

それも、ガーバック小隊長が時折立ち止まって敵の首を切り落としてくれているので、何とか追い付けている状態です。

「オラ、ひよっこども置いていくぞ！　死にたくなければ俺の後ろから離れんな！」

「りょ、了解、です！」

まさか、生身の人間が銃弾を剣で切り落とすなんて芸当を現実で見ることができるとは思いませんでした。

今までガーバックは粗暴で傲慢で、上官としては最低だと思っていましたが……。

あの小隊長を毛嫌いしているゲール衛生部長が、優秀な突撃兵だと認めるだけはあります。

まがりなりにもガーバック小隊長は、『エース』なのです。

「小隊長殿！　進みすぎです、それ以上は他部隊と連携がとれません！」

「あん？　またかよ、だらしねぇ」

しかし、彼の悪癖《あくへき》はゲール衛生部長から何度も聞かされた通りでした。

彼は突撃するのが楽しくてたまらないのか、放っておけば周囲を気にせず一人でドンドン切り込んでいってしまうのです。

振り返れば友軍はまだ、数十メートル後の地点で戦闘している状況でした。

さすがに少し、突出しすぎている状況です。

「はぁっ！　はぁっ、小隊長、殿。自分は、これ以上の、進軍より、拠点の確保の優先を、提案、します」

「……たく、しゃーねぇな。お前らもへばってるし、潮時か」

間違いなく自分たちの小隊は、孤立しかかっていました。

それに気づいたのか、小隊長殿は水を差されたような顔になりましたが、溜息を吐いて進軍を停止してくれました。

「あー、てめえら集合。当小隊はこの塹壕を拠点として、友軍の進軍を援護する」

「「了解です」」

集合の命令とほぼ同時に、自分たちの周囲に小隊メンバーが現れました。

汗だくの自分やサルサと違い、先輩方はまだ余裕がありそうです。

彼らはしっかり、戦闘しながら小隊長殿に追いついてきていたのですね。

さすが、歴戦の兵《つわもの》といったところなのでしょうか。

「小隊長殿。失礼ながら報告が」

「何だ、言ってみろ」

「自分の部隊のグレー一等歩兵が、銃弾で大腿部《だいたいぶ》を負傷しております。出血が続けば死亡の危険があります、衛生兵による救護を要請します」

その言葉にふと見れば、肩を担がれた若い男性兵士が苦痛に顔を歪《ゆが》めていました。

小隊長殿はふぅむ、と少し考える顔になって、自分の方へ向き直ります。

「んー。トウリお前、回復魔法は二回まで使用可能だったな」

「はい」

「よろしい。グレーへの応急処置と、必要に応じ一度までの回復魔法を許可する」

「承りました。ではグレー一等歩兵殿、患部をお見せください」

おお、とうとう普通の衛生兵らしい仕事が割り振られました。

疲労困憊《ひろうこんぱい》で立っているのもしんどいですが、こういう最前線での治療こそ自分の存在意義でもあります。

気合を入れて、丁寧にやりましょう。

「ようし、俺たちは周囲を固めるぞ。他の小隊の前進を援護しつつ、トウリとグレーの二人を護衛だ」

「ハ、ハイっす！」

にしても、ガーバック小隊長殿はちゃんと部下にも回復魔法の許可を与えるんですね。

自分にしか使わせないと言っていましたが、意外と融通《ゆうずう》が利くタイプなのでしょうか。

今日はもう、戦闘終了だからなのかもしれませんが。

「大腿内に血種ができていますね。血抜きをしますので、少し痛いですよ」

「……うぐっ！　サンキュー、トウリちゃん。今度デートしよう」

「凝血塊《ぎょうけつかい》の摘出を確認しました、これより回復魔法を行使します。【癒《ヒール》】」

「少しくらい何か反応欲しいなー」

治療させていただいたグレー一等歩兵は、軽薄な口調の男性でした。

初めて面と向かって話した自分に、随分《ずいぶん》と馴れ馴れしい口調でした。戦場でデートって、何処《どこ》に連れていくつもりなのでしょう。

しかしそんなチャラそうな態度の反面、かなり鍛え上げた身体をしていました。それなりにベテランなのかもしれません。

「治療を完遂しました、経口補液を支給しますので速やかに摂取してください。また二十四時間以内に血尿など認めましたら、速やかに自分か他の衛生兵に申し出てください」

「ほい、ご苦労さん。……む、痛てて」

「申し訳ありません、自分の技術では完治には至りませんでした」

「いやいや、血を止めてくれただけで十分よ。正直死ぬかと思ったから」

自分は血抜きをしたグレー殿の大腿部を消毒し、魔法で傷を塞《ふさ》いだ後に包帯で保護しました。

グレー殿の顔色を見るに結構失血してそうでしたので、水分も渡しておきます。

「止血には成功しています、また撃たれない限りグレー一等歩兵殿の命は保証いたします」

「そっか。じゃ、気を付けるわ」

「終わったか？　ならグレーも友軍の援護に加われ。トウリは塹壕の中に隠れてろ」

その後自分は、小隊長殿の指示通り塹壕に籠《こ》もっていました。

自分は武装しておらず、装備のリュックには医薬品や医療器具しか入っていないので、そもそも戦闘に参加できないのですが。

「ガーバック小隊、先行感謝いたします」

「遅ぇよタコ共」

幸いにもすぐに友軍が追いついてきてくれて合流に成功し、敵塹壕を確保できました。

ガーバック小隊長は塹壕の壁に張り付いて、周囲を警戒し続けていました。

「戦闘終了だ！　各員は後方部隊と交代し、本地点の確保を維持せよ！」

やがて、我々とは違う小隊の方がやってきて戦線を明け渡し、本日の戦闘は終了となりました。


この日、我々は三十一メートルの前進に成功しました。

前回の敵の侵攻分を全て取り戻せたわけではないですが、仕返しができた形です。

「ガハハハ、大勝利だ。今日の我が小隊の犠牲はたった一人、進んだ距離は三十一メートル！　こんなに効率の良い進撃は久しぶりだな」

ガーバック小隊長殿は、心底愉快といった笑い声をあげていました。

「他の小隊がもう少し早く前進してたら、前の負けを丸ごと取り返してたのに勿体《もったい》ねぇ。俺があと、十人いればなぁ」

……戦いが終わった後、小隊長殿の言葉を聞き自分は改めて周囲を見渡しました。

そして、気付きます。ガーバック小隊のメンバーが、七人しかいません。

一人、いなくなっています。

「小隊長殿、一応アレやっときましょう」

「お、そうだな。あー、偵察兵レンドルの命は、我らの勝利の礎《いしずえ》になった。俺たちが進んだ三十一メートルは、レンドルの命の結晶だ」

「……」

「全員、勇敢な偵察兵レンドルに敬礼せよ」

我々は数秒、どこで死んでいるかも分からないレンドル偵察兵に向けて敬礼しました。

聞けば彼は前線に来て一年も経っていない新兵で、小隊長の突撃についていこうと必死なあまり周囲の警戒を怠り、真正面の敵に頭を撃ち抜かれたそうです。

「よし、じゃあ帰って一杯やるか。俺がまた倉庫から、褒賞としてエールを奪って来てやるよ」

「ありがとうございます！　小隊長殿！」

「がはは、感謝すると良い」

しかしレンドルの死を悲しんでいる人は、この場には一人もいませんでした。

ガーバックは機嫌良く笑っているし、他の小隊メンバーの表情も朗《ほが》らかです。

「サルサ、トウリ。貴様らも蛆虫の割によく生き延びた、特別に同席を許してやろう」

「……光栄です。ご配慮感謝します」

「その代わり、何か芸を用意しておけよ！」

人が死んでいるのに、どうして彼等はこうも朗らかなのでしょうか。

……いや、そうでした。ここは戦場なのでした。

人の死など、きっと珍しいことではないのです。

「……大丈夫か？　顔が青いぞ、トウリ」

「何の問題もありません。サルサこそ、血の気が引いているように見えますが」

「俺は、大丈夫。大丈夫だ」

レンドル偵察兵は、どんな顔をしていたのでしょうか。どんな性格だったのでしょうか。

自分は、彼の事を何も知りません。見知らぬ人が死のうが、自分に関係は無いはずです。

だというのに、こみ上げてくるこの吐き気は何なのでしょう。

「なあトウリ。何で、あの人たち笑ってんだ？」

「それは、本日の戦闘で戦術目標を達成したからではないでしょうか」

「そっか。そうだな」

耐えなければなりません。この死と隣り合わせの日常こそが、自分たちが身を置く『戦場』なんです。

レンドル偵察兵は死にましたが、彼の犠牲はしっかり我が国の利益になったのです。

だから、自分も笑わないと。

「おうい、新兵ども。ボーっとすんな、俺たちは拠点を後続小隊に引き継いで撤退だ」

「は、はいッス先輩」

「お、やっぱり暗い顔してんな。新兵どもは仲間が死ぬと皆そうなる。気にすんな」

何とか吐き気を堪《こら》えていると、先ほど治療を行ったグレー一等歩兵殿が心配して声をかけてくれました。

ボンヤリしていたせいで、小隊に置いていかれかけていたみたいです。反省しないと。

「大変失礼しました、グレー一等歩兵殿。すぐさま撤退を開始します」

「うんうん。普段あんま表情変えないトウリちゃんも、そんな顔するんだね。実にプリティーだ」

「自身の未熟を恥じるところです」

しかもどうやら、自分が仲間の死をがっつり引きうっているのがバレてしまったようです。

自分は結構、顔に出るらしいですね。

まさかこれも、小隊長殿の教育対象になるんでしょうか。

「そんな表情をできるのが羨ましいよ。俺たちは、もうとっくに諦めちゃったから」

「その。やっぱ、仲間の死とか、日常なんスか、グレー先輩」

「まーね。そりゃ、最前線の突撃兵やってんだから戦死なんて日常茶飯時さ。俺だって明日生きてる保証はない」

グレー先輩の顔は怒っているというより、我々を慮《おもんぱか》っている表情でした。

親が怖い夢を見たと泣く子をあやす時のような、慈愛すら感じる目つきでした。

「でもさ。考えてもみなよ、この戦争のゴールってどこだと思う？」

「ゴール、ですか？」

「そう、ゴール」

彼はくたびれた笑みを浮かべ肩をすくめて、言葉を続けました。

「もう十年の間、俺たちは此処で戦ってるんだ。綱引きみたいに戦線を押したり引いたりしながら、延々と」

「……先輩方の奮闘に、頭が下がる思いです」

「そういうのはいい。いったいどうすればこの戦争は終わるのか、お前ら分かるか？」

向こうさんの立場も考えて、ね。

グレー一等歩兵はそう、自分とサルサに問いかけました。

「今はちょっと押されているが、ウチだってまだまだ戦える。まだ内地に残ってるであろう若い男どもを、まるごと徴兵すればあと十年は持つ」

「……」

「敵さんだってそうだろう、まだ増員できる兵力は結構残っているはず」

それは、確かにそうかもしれません。自分は回復魔法適性があったのでほぼ徴兵を拒否できませんでしたが、ほかの孤児院の友人の殆どは軍ではなく市井《しせい》へ稼ぎに行っています。

唯一、自分と同じタイミングで軍に所属したバーニーも、徴兵ではなく志願でした。

裏を返せば、まだ徴兵できる人材は本国に残っているといえます。

国家を運営するためにある程度の労働力は必要なので、今はまだ徴兵しないでしょうけど。

「塹壕戦っていうのはな、防衛側が絶対的に有利なんだ。塹壕に籠もっている側が、攻めてきた側を撃つ。この構図になると、どうあがいても攻撃側の損害の方が大きくなる」

「それは、確かにそうッスね」

「んで、魔砲部隊もよくやってくれているが、あの砲撃だけで塹壕に籠もった兵士を皆殺しにすることは不可能だ。敵も【盾《シールド》】やら対空魔法やらを使って砲撃の雨の中を生き延びて、突撃してくる俺たちを返り討ちしようと構えてる」

グレー先輩の言う通り、普通に戦えば塹壕に籠もっている側が超有利な撃ち合いになります。

だからこそ、念入りに時間をかけて魔砲部隊の方に砲撃してもらうのですが。

「戦争は更に十年は続くだろう。明日も生きていられる保証がないこの場所で突撃兵やって、十年間も生き延びられると思うか？」

「それは神に祈るか、必死に努力するしか」

「無理だよ。俺たちは此処で死ぬ、それはもう確定してる」

諦めている、ってのはそういうことさ。

グレー先輩は、寂しげにそう笑った。

「死が、ゴールなんだよ。これまでよく頑張ってきました、もう解放してあげますっていう神様からの救いなんだ」

「……そんなことは。例えば敵の陣地を突破して、首都を陥落させれば」

「無理さ。戦争の形態は、変わったんだ。ちょっと前の騎兵やらが活躍していた時代とは違い、銃や火薬兵器が世界中に普及した結果、この塹壕戦が戦争の主流になった」

「……」

「塹壕戦ってのは終わりがない。負けて後退しても、そこに新たな穴掘って銃を構えるだけで強固な陣地になってしまう。だから以前みたいに敵の首都まで一気に侵攻なんてできるわけがない」

　ここまで言えば分かるよな、と。グレーさんは話を続けた。

「死んだ奴はゴールした奴だ。こんな地獄から一足先に抜けられた、ラッキーな連中だ。レンドルだってきっと今ごろ、先に逝《い》った戦友と向こうで楽しく宴会してるはずさ」

「それ、が。グレーさんの死生観なのですか」

「そう思わないと突撃兵なんてやってられねぇよ。俺たちにとって死は救済なんだ、神様に認めてもらった権利なんだ」

「……う。でもお、俺はまだ、死にたくない、っス」

「そりゃそうだ。そこまで達観するには、お前もトウリちゃんも経験が全然足りてねぇ。でもまあ、きっと分かる日が来るさ」

　グレー一等歩兵は、ポンとサルサの頭に手をおいて、

「そのうち、死ねた奴が羨ましくなってくるから」

　そう言って、話を締めました。

グレー先輩に呆《ほう》けていたのを咎められた後、自分とサルサは二人並んで小隊長殿のテントへ向かって歩いていました。

「死ねるのが羨ましい？　理解ができねぇ」

「同感です、サルサ二等兵」

自分たちのベースに帰還した後、本日はガーバック小隊長により宴会（？）が行われるようです。

グレー先輩曰《いわ》く、酒を飲んだ小隊長殿は普段の五割増で理不尽らしいので、遅刻するわけにはいきません。

「死にたくねぇよ、俺は。こんな寂しい場所で、蛆が湧いてゴミみたいに転がる肉片になりたくない」

「自分も御免ですね」

「でも……。長い間戦場にいると、俺もああいう考えになっちゃうのかな。死に救いを求めるようになっちまうのかな」

「さあ？　それは、貴方の死生観次第ではないですか」

サルサ君は、先ほどのグレー先輩の言葉を深く考え込んでいる様子です。

確かに、先ほど自分たちを諭していた先輩の表情は、正気とは思えないほど穏やかでした。

「グレー一等歩兵殿はおそらく、優しすぎるのでしょう」

「優しい？」

自分はあの言葉から、彼の人となりの一端を垣間見《かいまみ》た気がします。

グレー殿は本来、きっととても優しい御仁であると考えられます。

「死に救いを求めることの、何が優しいいんだ」

「まぁ、単に自分が死ぬ事への恐怖を紛らわせる為という可能性もありますけど」

死は救いである。

本当にそんな歪んだ考えを信じているなら、グレー先輩はすぐ自殺してないとおかしいわけで。

自分たちにあんな事を言っておきながら、彼はきっと死ぬのを恐れているのです。

ですがそれ以上に、

「それ以外に何があるんだ？」

「グレー先輩はきっと。死んだ戦友が、あの世で救われていると思わないと正気を保てなかったんじゃないでしょうか？」

自分には、そう思わずにはいられませんでした。

【四月八日　夜】

「１番サルサ、脱いで踊《おど》りまッス！」

「帰れボケナス!!」

戦場は、地獄です。

過酷な環境に対応するには、正気を保っていられないのです。

それは、お酒の場でも同じでした。

「男の裸なんぞ見て誰が喜ぶ！　ぶっ殺すぞサルサぁ！」

「す、すみません！　ごめんなさいッス！」

「新兵は何やらしてもダメだなぁ」

久しぶりの快勝に沸き、日が落ちてなお喧騒《けんそう》が絶えぬ最前線。

最後に現れたガーバック小隊長の手には、戦場では希少な酒類や菓子類が握られていました。

オースティン軍で突撃部隊は、攻勢に成功した晩は休暇が貰えます。

そして貰えた休暇で宴会を開き、大騒ぎするのが通例だとか。

「つまらん奴に渡す酒はねぇ。ケツ穴に銃弾突っ込まれたくなきゃ引っ込んでろ」

「すみませんッス！」

ガーバック小隊も例に漏れず宴会を開き、小隊長は開幕に一本濃い酒を一気飲みしてご機嫌でした。

そして自分とサルサは「今すぐ面白い事をしろ」と強要され、テンパったサルサが裸踊りをしようと脱いでぶん殴られた次第です。

裸芸はこの世界にもあるのですね。

「新兵のくせに、まともな芸もできねぇのか！　俺様を舐《な》めてんのか⁉」

「申し訳ありません」

恐ろしい事に、この宴会芸の強要は正式な上官命令のようで。

もし自分が逆らった場合、二度の命令違反で処刑だそうです。

こんなアホみたいな命令で処刑されるのは御免こうむります。冗談だと信じたいです。

「アハハハ。すんごい無茶振りと思うかもだけど、コレは別にウチの隊だけじゃなくて、いろんな小隊でもやってる伝統だよ」

「まぁうちの小隊長殿は、芸に特に厳しめではあらせられるがな」

「俺を不愉快な気分にさせやがったら、ボコボコにして埋めてやる」

確かに、場を盛り上げる宴会芸も新兵の役目だと聞きます。前世でもそうでした。

しかし自分は前世を通じて、こういう飲み会というものを経験したことがありません。

……さてこの状況、自分はどうしたものでしょうか。

「あ、何をボーっと見てやがる小娘」

「いえ、その。先ほどの言い分ですと、自分が服を脱いで踊るべきなのでしょうかと」

「……」

サルサに裸踊りなんかされて受けてしまったら、次に裸で踊らされるのは女性である自分です。

銃殺か裸踊りか選べと言われたらそりゃ踊りますが、できれば勘弁してもらいたいのが本音です。

サルサにはもう少し、空気を読んでいただきたいところです。

「いらねぇよ貧相チビが！　ガキの身体見て喜ぶ馬鹿が何処にいる、殺すぞ」

「申し訳ありません」

小隊長殿に怒鳴りつけられ、少し自分はホッとしていました。

『男が脱ぐな』という趣旨で怒鳴っていたので、このまま自分が裸芸を強要されると思っていました。

彼の言い草的に、どうやら変な要求はされずに済みそうです。

「つっても、何も芸がねえならトウリはそれで許してやる。サルサは何か面白い事しろ」

「……。裸踊りは勘弁願いたいので、手前味噌《てまえみそ》ながら一席宜しいですか」

「お、何だぁ小娘。何かあるのか」

こんな小道具も何もない場所でできる芸といえば限られています。

幸いにも、孤児院のころにシスターに教わった芸があるので、自分はソレで乗り切らせてもらいましょう。

『こんこん、キツネさんです。わんわん、イヌさんです』

「お、腹話術か。上手いもんじゃねぇか」

『こんこん、わんわん』

自分は、手の指で犬と狐《きつね》の形を作って動かしながら、唇を動かさずに鳴いてみました。

懐かしいです、孤児院の子供とよくこうやって遊んでやったものです。

本当は人形を使ってやるものですが、今手元に何もないので手で代用しました。

「へー、器用なもんだねぇ。声色も変わってるし、口も全然動いていない」

「鳴き真似《まね》するトウリちゃん可愛《かわい》いし、自分はアリだと思いますよ小隊長殿」

『わんわん、じゃあこのまま一曲歌うわん』

「へぇ、ソレで歌まで歌えるのか」

自分は結構、この芸に自信を持っています。

何なら軍に志願する前はこの腹話術で、旅芸人として生計を立てようと真剣に考えていたくらいです。

『「光をはーなつ（はーなーつー）、わがー祖国（そーこーくー）」』

「え、声が二重に聞こえてくるぞ」

『「勇猛ー無比なる（むひなーるー）、始祖の加護をー（かーごーをー）」』

「待てトウリちゃん、一人で合唱し始めたぞ」

「すげぇ、コイツ腹話術でハモってやがる！　ガハハハハ！」

自分は腹話術のまま有名なオースティン軍歌を、声色を使い分け一人で輪唱しました。

孤児院で長い修行をした末に、自分は声色を変え二つの声で同時に歌えるようになっていたのです。

この芸で『腹話術のトウリ』の異名を貰い、孤児院ではいつも拍手喝采《はくしゅかっさい》でした。

「以上です。お粗末《そまつ》でした」

「おうおう、よくやった。ほら褒美だ、お前はまだガキだから酒じゃなくてチョコレートやるよ！」

「過分な評価、恐悦です。小隊長殿」

「デキる奴はしっかり評価するさ、ガハハハハ！」

幸いにも、小隊長殿の機嫌を損ねずに済んだようです。

むしろ大爆笑で、機嫌良く自分の頭を撫《な》でておりました。

ああ、良かった。芸は身を助けるというのは、本当ですね。

「トウリが……裏切ったっス……」

「何の裏切りですか」

サルサはチョコレートを頑張る自分を、何故か恨みがましい目で見てきました。

どっちかというと裏切られたのは、貴方のせいで裸踊りさせられかけた自分でしょう。

「で、サルサ。お前はどうすんだよ」

「……。とりあえず脱いで、その」

「裸芸から離れろ、殺すぞ」

その後、彼はアホなことを言い続けた結果『腕立て百回、スクワット百回、腹筋百回……ｅｔｃ』と筋トレを課され続け、飲み会半ばで潰れていました。

戦場では、新入りを貴重な酒で潰すのではなく、体力的に潰すのが通例だそうです。

自分が何も芸を持ってなくて裸踊りを拒否していたら、同じ結末を迎えていた事でしょう。

「……」

「小隊長殿。サルサが明日動けるよう、マッサージしてやる許可を求めます」

「好きにしろ」

このままでは、彼は明日筋肉痛で動けなくなるでしょう。

小隊の健康を預かるものとして、サルサのマッサージとクーリングくらいはしといてやるとしましょう。

彼は、自分の大事な肉盾なのですから。

【四月九日　未明】

「起きたか、サルサ二等兵」

「な、何スかこんな夜中に」

まだ日も昇らぬ、深夜。

ガサコソと周囲が煩《うるさ》くなったので、自分は眠りから覚めました。

「ふわぁ。夜分遅くお疲れ様です、先輩方。何か任務でしょうか」

「げ、トウリちゃんも起きちゃったか」

「……？」

顔をあげて見ればグレー先輩含めた小隊メンバー数人が、寝ぼけた顔のサルサを起こしているところでした。

時刻は深夜、丑三《うしみ》つ時。塹壕内の焚火《たきび》も消え、兵たちはみな寝静まったころです。

「トウリ二等衛生兵、起床しました。ご用件をお伺いします」

「あー……」

誰か負傷したとか、夜間作戦の命令があるとか、そういうのかと思って飛び起きたのですが……。

グレーさん含めた先輩方は、何故かやっちまったと言う顔をしています。

そういえば、自分は別に起こされていませんでした。

サルサ二等兵だけへの、極秘任務か何かだったのでしょうか。

「えっと、夜襲とかっスか？　今から装備点検した方が良いです？」

「あーいや、そうじゃねぇ。任務じゃないよ」

「では、何のご用でしょうか」

「……あー。えっと、その、グレー一等歩兵。説明してやりたまえ」

「ここで俺に振ります!?　……まぁ、何だ」

自分に用事を問われた先輩方は、どことなく狼狽《ろうばい》している様子です。

……この雰囲気、作戦行動中の何かではありませんね。何となく、想像がついてきました。

「まー、うちの小隊長は新兵いびりが激しいからな。サルサもストレス溜まってるだろうし、少しガス抜きしてやろうと思ってな」

「俺だけっスか？　トウリだって、結構……」

「まぁ、察しろサルサ。男だろ？　そういうの、溜まってるだろ？」

「……あっ」

そこまで言われて、サルサも悟った顔になります。

やっぱりソッチ方面ですか。男同士の付き合いというやつですか。

「あー、なるほどっス。えっと、あー、じゃあその」

「……」

これは、非常に申し訳ない空気になってしまいました。

女性兵士に手を出すのは軍規違反です。しかし常に命がけの状態だと、本能が高ぶって性欲が亢進《こうしん》すると聞きます。

彼らも適度に性欲を発散しないといけないのでしょう。きっとエッチな写真だの本だの、どこぞに隠し持ってるんでしょうね。

「……何の話をしているか分からないのですが、自分に用がないなら睡眠に戻らせていただきます」

「お、おお。何か悪い、トウリ」

「明日寝坊とかやめてくださいね、サルサ」

ああ、やってしまいました。自分が起きてしまったせいで、とても気まずい空気です。

何も気付かなかった振りをして、再び眠るとしましょう。

「んー。起きちゃったならいっそ、トウリちゃんも来る？」

「げほっ!?」

と、せっかく寝る体勢に戻ったのに、グレー先輩の言葉に思わずむせ込んでしまいました。

何を言い出すんですかこの人は。

「ちょ、先輩？」

「いや、だってもう察されちゃったし。大人の世界に興味はないかな？」

先輩は本当に、悪気ない顔で自分を誘っていました。

女性を誘ってエロ本鑑賞とか、何を考えているんですかこの人は。

絶対に、ひたすら気まずいじゃないですか。

「い、いえ自分は遠慮を——」

「他の衛生兵の娘も、結構売りに来てるよ。お小遣い稼ぎで」

衛生兵が売りに来ている。

その言葉に、自分は思わず振り向いて跳ね起きてしまいました。

「そ、それはどう言う意味ですかグレー一等歩兵殿」

「戦場に女の子とか殆どいないからね。近場の町の嬢が定期的に身体売りに来てんだけど、それに交じって衛生兵や工作兵の女性兵士とかも売春に参加して——」

「ちょ、ちょっと待ってください軍規は？　それは、軍規違反であると自分は認識しておりますが」

「ああ。妊娠するような行為が違反ってだけで、穴を使わない口とか手とかは合法なんだよ。あと、男同士も合法」

「おとっ⁉」

自分の予想は、どうやら甘かったようです。

せいぜい、夜中に小隊メンバーで集まってエロ本を鑑賞する程度と思ってました。

が、この人たちは思ったよりがっつりエロいことをする予定でした。

「ガーバック小隊長殿も、買春は黙認してくれてるぞ。この前誘ったらブン殴られたけど」

「今の衛生部長のゲールさんも、昔は売りに参加してたらしいって噂だぜ」

「あのエロい人でしょ？　かー、良いなぁ。当時の人が羨ましい」

「……」

ああ、聞きたくありません。

とても尊敬している衛生部長のそんな噂とか、信じたくもありません。

確かに、ものすごくゲールさんは美人ですけど。本当なら結構ショックです。

「あー、先輩方。トウリが困ってそうなんで、そのへんで」

「ま、やっぱり女の子に話す内容じゃないわな。変なこと言って、ごめんね」

「い、いえ……。ただ自分に、そう言う話題は、今後振らないで戴けると助かります」

「年下っスよ、まだトウリは十五歳っスよ。さすがにシモの話はもうちょい待ちましょう先輩」

サルサ君は気を使って、自分を庇《かば》ってくれました。グッジョブです。

男は軍に染まると下品になると聞きますが、ここまでデリカシーがなくなるものなのでしょうか。

仮にも女性に向かって『売春でもしないか』なんて、普通口が割けても言わないものですが。

「悪かった悪かった。トウリちゃんいつも無表情だし『別に構いませんが』とか言いそうな雰囲気あったから」

「自分をどんなふうに見ておられるのですか……」

無表情になったのは、戦場のストレスで笑えなくなっているからです。

孤児院暮らしの時は、普通によく笑ってました。

「ま、先輩、行きましょう行きましょう。トウリは、ゆっくり休んでてくれ」

「はい、ではお言葉に甘えて」

「さーて、久々にがっつりヤるかぁ！」

「楽しむぞぉ」

「あははは、は」

下卑《げび》た笑みを浮かべて歩く先輩たち（と、引きつった笑顔のサルサ）を、自分は呆れた目で見送りました。

サルサ君。どうか変な先輩に影響されて、貴方までデリカシーを失わないでください。

唯一の同期から卑猥《ひわい》な冗談を日常的に聞かされる羽目になったら、自分は間違いなく病みます。

「……ふわぁ」

こうして無駄に睡眠時間を削られたことにほんのり腹を立てつつ、再び自分は深い睡魔に身を任せました。

ああ、今日も土が冷たい。

【四月九日　朝】

「くすん、くすん……。もうお婿にいけない」

「……」

翌朝。

自分が目を覚ましたら、既に起きていたサルサ君が目を赤く腫らして泣いていました。

お尻を押さえながら。

「……あの。先輩方、サルサに何をなさったのですか」

「あ、あははは。昨晩、グレーの奴がサルサを騙《だま》して、全裸で男色部屋に突撃させてさ」

「すぐ出てくるかと思ったら、ガッツリ捕まってしまったらしく、そのまま……」

「思い出させないでくださいっス!!」

……。ああ、なるほど。

「大丈夫ですよ、サルサ二等兵。自分はサルサがどんな事をしようと、決して偏見を持ったりしませんので」

「かつてないほどトウリが優しい目をしてる⁉　いや、最後の一線は守りきったから！」

それでサルサ君は、さっきからお尻を押さえていたのですね。

軍隊はソッチも多いと聞きますし、きっと若い彼は大人気だったんでしょうね。

「まぁ、元気出せサルサ。な？　次はちゃんと、奢《おご》ってやるから」

「昨晩はさすがにふざけすぎたよ。悪かった」

「もう二度と先輩方は信用しないっスからね！」

こうして、戦場に来て初めての祝勝会はサルサ君が多大な心の傷を負って終了しました。

昨日みたいな大勝利の夜は、しばしば兵士はガス抜きとして夜の遊びに繰り出すようです。

この僅かな娯楽の為に生きている、という兵士も多いのだとか。

「……。因みにサルサ、何人くらいと関係を……？」

「誰とも結んでない、触られただけ！　貞操は守り抜いたから！」

彼は涙目になりながら、強い語気で自らの潔白を主張し続けました。

自分としてはむしろこれを気に、サルサ君が男に目覚めてくれれば安心なのですが。

「俺の身はまだ清らかだから！」

「……そうですね。辛かったですね」

「目が優しいままっ⁉」

やはり戦場には狂気が渦巻いています。

そう実感した、一日でした。

【四月十一日　未明】

「……雨だ」

「おうい、雨が降ってきたぞ！」

戦場において天候の変化は、非常に重要です。

「おい、コットンシート取ってきたぞ。皆集まれ」

「屋根作るぞ～」

例えば、雨。本来であればソレは農作物にとって恵みであり、河川を確保できていない我々にとって貴重な飲料水の補充機会でありますが。

「傘とかカッパとか無いんすか？」

「出世したら貰えるぞ、新兵」

戦場の最前線、歩兵たちにとって雨というのは……この上ない強敵になるのでした。

「へーっくしゅん‼」

まだ夜が明ける前。自分たち小隊は塹壕で眠っていたのですが、ポツポツと感じる冷たい感触で目を覚ますことになりました。

雨です。

「おういサルサ、対角のシートの端を釘で固定してくれ」

「は、ハイっす」

雨が降ると各小隊ごとに一枚、支給されている大きなコットンの布を取りに行きます。

そしてコットンの布を塹壕にかぶせて、仮設の屋根を作ります。

我々歩兵はその屋根の下で、雨をやり過ごすのです。

「ちゃんと、斜めになるように屋根を作るのがポイントだ。何でか分かるかサルサ」

「えっと、水が溜まらないように……？」

「正解。水平に作っちまうと、真ん中から水が滴《したた》るからな。ちゃんと一番低くなる溝を用意して、排水させる機構を作るんだ」

雨というのは、歩兵にとって基本的に不利に働きます。

まず大雨が降ると地面はぬかるむので、進軍しにくくなります。

さらに、火薬を用いた銃などの兵器が作動不良しやすくなります。

一応、歩兵に支給された銃は完全防水を謳《うた》っているそうですが……。

雨の中で使うと、そこそこの確率で湿気て撃てなくなるのだとか。

「逆に言えば、敵さんも条件が同じ。なので、雨中の戦闘行動はあまり推奨されていない」

「じゃあ、今日の出撃はないッスか？」

「いや。銃が使えなくとも、火薬に頼らない武器――――、弓矢とか剣とかは雨でも使える。防水仕様の手榴弾《しゅりゅうだん》だって開発されてる。だから敢えて、雨中に奇襲を仕掛けるという作戦もないことはないぞ」

「でも結局、弓は飛距離も落ちるし狙いも定まらんし滑るしで安定しないからなぁ。雨で戦闘はやらん方がいいとは言われてるな」

という理由で、雨の日は戦闘が発生しづらいそうです。

攻める方は距離を稼ぎにくく火薬が使いにくいため防衛側が更に有利な状態になるのだ

とか。

つまり、本日は野戦病院で仕事させてもらえる可能性が高いですね。

「それなら、ずっと雨が降ればいいのにッス」

「……アホか。今はまだ暖かいから分かんねぇだろうが、雨は俺たちにとって最悪の敵だぞ」

サルサの軽口に、苦汁をなめつくした顔で先輩方がボヤき返しました。

正直、自分も今サルサと同じようにずっと雨が降らないかなぁと考えてました。

「最悪の敵、っスか。塹壕に籠もって俺たちを撃ちまくってくる敵兵よりヤバいんすか?」

「ああ、そいつらは小隊長に突っ込んで貰えば何とかなるしな。雨ばっかはどうにもならん」

先輩は、銃を向けてくる敵より雨が怖いと言います。

……何かのジョークかと思いましたが、その先輩は至って真面目《まじめ》な顔でした。

「俺はここに配属される前、防衛部隊にいたんだ」

「防衛部隊、ですか」

「そう。今も戦線の最前列の塹壕で、ガタガタ震えながら守備についてくれてる連中だよ」

その、物凄《ものすご》く嫌な顔をしている先輩の中年兵士――、偵察兵のアレンさんは、自分とサルサにその経験を語ってくれました。

「俺は雨に、戦友五人と足の指を三本持っていかれた」

「雨に、ですか」

防衛部隊、というのは『一番前の塹壕に籠もってひたすら敵を待つ』という凄まじく嫌な仕事に就いている部隊です。

突撃部隊である我々は、戦闘の際に前進して目の前の塹壕内にいる敵を殺し拠点を確保するのが仕事です。

防衛部隊は、塹壕に籠もって敵の突撃部隊を迎撃するのが仕事です。

役割が異なるので、装備や兵科の構成は大きく異なります。

突撃部隊の歩兵には銃火器が優先的に支給され、先行して侵攻方向の塹壕内の敵を調べる偵察兵、遠距離から敵塹壕を制圧できる擲榴兵《てきりゅうへい》など攻撃力・制圧力の高い兵科が編成されています。

主に攻勢をかける際に活躍し、時に味方の防衛網が突破された際には遊撃兵として援護に向かいます。

なので臨機応変に動けるよう、戦場の後方にベースを構えているのです。

そして、今ガーバック小隊にはいませんが、殆どの突撃部隊には擲榴兵が配属されています。

擲榴兵とは手榴弾のような小型爆薬を敵の塹壕目掛けて投擲したり、専用の銃で射出したりする兵科です。

遠距離から塹壕内の敵を効率的に殺傷できるので、非常に強力な兵科です。

以前ガーバック小隊にも擲榴兵は配属されていたそうですが、過去に新米擲榴兵がガーバック小隊長の進軍速度を見誤り、小隊長の突撃した直後の敵塹壕に手榴弾をブチ込むという惨事があったそうです。

それ以来、ガーバックは自身の部隊に擲榴兵を編成しなくなりました。その新兵がどうなったかは、皆が口をつぐんで教えてくれませんでした。

一方で、防衛部隊の歩兵は防具が優先的に支給され、【盾《シールド》】を扱える装甲兵や、前線で治療できる衛生兵、鉄条網を巻く工作兵など拠点防衛に特化した兵科で編成されています。

防衛部隊は（突撃部隊より多少は）死亡率が低いうえ、最前線治療の意義が大きいため衛生兵が所属することがあるそうです。

防衛部隊の任務の過酷さはトップクラスで、いつ砲撃されるか分からない恐怖に怯《おび》えながら、敵の襲撃に備えて警戒をし続けるという地獄みたいな部隊です。

そんな過酷な仕事の為か、突撃兵より休暇は多いです。当戦線では、防衛部隊は三日おきに休養日が貰えるそうです。

休養日は何をしても軍規に触れなければお咎めなし。戦友とカードで遊ぶも良し、女を買いに行って楽しむもよし。娯楽品も、そこそこ優先的に支給されます。

「まぁそんだけ優遇してやっても、発狂する割合が一番高いのが防衛部隊だ」

「……でしょうね」

突撃部隊は、攻め込む前にある程度心の準備をする時間があります。

それに、ブリーフィングで何も言われなかったら、戦闘がないことが分かり安心できます。

しかし防衛部隊にはそれがありません。一度任務に付いたら、交代時刻までずっと息をひそめて最前線で砲撃に怯え続ける羽目になるのです。

そのストレスは想像を絶するそうで、心神喪失して後方に送還される人も珍しくないのだとか。

「防衛任務に就いている時の雨が、もう本当に最悪なんだ。最前線からシートなんて取りに行けない、雨が降ったら基本は野ざらし。便所からくせぇ汁が流れてきて地面は水浸《みずびた》し、汚水でビチャビチャだ」

「うわ……」

「そのせいで伝染病が流行り、腹下《はらくだ》した奴の下痢《げり》がまた足元を流れてくる。足指が冷たくて仕方ねえのに、汚すぎて拭いてやることもできねぇ」

「……」

「俺の隊でも血下痢が流行って、脱水で戦友がバタバタ死んでいった。下痢で死ぬと悲惨だぞ、自分の汚物に埋もれて動けなくなるんだから」

「うっ……」

「冬は凍りつくくらい冷たくなるから、足の指が壊死《えし》するんだ。ブーツなんて履いていても何の意味もなかった、水位が上がると下痢の混じった汚水が靴の中まで入り込んでくるからな」

思い出すのも嫌だったようで、アレン先輩はゲンナリした顔のまま、そこで話を切りあげました。

最前線の塹壕は、凄まじく衛生状態が悪い様子ですね。防衛部隊に配属されなくてよかったです。

「突撃兵は恵まれてる。死亡率が高い代わり、こうやって屋根のある場所で雨を凌《しの》げるんだから」

「そうッスね……、めっちゃ恵まれてるっス」

「ま、トウリちゃんは小隊長がわがまま言わなけりゃ、そもそも野戦病院のテントで寝れてたんだけどね」

「衛生兵はそもそも戦闘員じゃないからな。突撃部隊所属の衛生兵とか、聞いたことなかったぞ」

あ、やっぱりそうなんですね。

どう考えてもおかしいですもんね、衛生兵が最前線を突っ走らされるの。

「そもそも何で、小隊長殿は衛生兵を要求したんだ？」

「ガーバック小隊長がこないだ砲撃食らって負傷撤退に追い込まれた時に『前線に衛生兵がいればまだ進めた』と上層部に嚙《か》みついたとか」

「砲撃食らってなお前進するつもりだったのか小隊長殿」

そこはおとなしく撤退しましょうよ。

「これから雨季に入る。きっと、俺たちの出撃も敵の攻勢の頻度も減る」

「だと良いのですが」

「だから、今のうちに学べることは学んでおけ新兵。サルサも、そのうち小隊長殿のお守りがなくなるからな」

「は、はいッス」

「まあまずは、低姿勢で走ることを覚えようか。今みたいに頭上げてぴょこぴょこ走ってたらすぐ死ぬぞお前」

　こうして、未明の雨に叩《たた》き起こされた自分たちは、先輩の体験談を聞きながら夜を明かしました。

　歩兵の先輩から、じっくり話を聞く機会はなかったので新鮮でした。

「被弾面積を下げるんだ。頭を伏せ腰をかがめて走るだけで、普通に走るより一〜二割は被弾面積が小さくなる。自分の生存率を上げるための技術だ、しっかり意識しろ」

「こう……ですか」

「そうだ。普通に走るより遅いし腰に負担がかかるが、その前傾姿勢に慣れておいた方がいい。これからも突撃兵やるならな」

　自分たちはまだまだひよっこです。戦場の定石とか技術とか、知らないことだらけです。

「もうすぐブリーフィングの時刻だな。よし、小隊長のテントの前に行くぞ」

「ウッス、ありがとうございました」

「勉強になりました」

　こうして、少しずつひよっこである私たちも『兵士』になっていくのでしょうか。

【四月十一日　朝】

「トウリ、今日は野戦病院だ。明日までゲール衛生部長の指示に従え」

「了解しました」

雨がザアザアと降りしきる塹壕の中、自分はガーバック小隊長にそう告げられました。

今日は攻勢に出ないみたいです。

「他の連中は、塹壕掘りだ。雨で足場が悪いから気を付けろ」

「了解です」

サルサ君は雨に打たれ寒さに震えながら、声を張り上げ返事をしていました。

歩兵は今からこの雨の中、ショベルを片手に土と泥をかき出し続けるのでしょう。

自分の体力で一日ずっと土木作業をさせられたら間違いなく死ねます。

……衛生兵で良かったと思いました。

「では解散。各員は、持ち場に向かって────」

滴る雨水に震えながら心の内で胸をなでおろした、その直後でした。

────ズシン、と。

何かがさく裂したような、大きな地響きが遠くの塹壕に響き渡ったのは。

「……っ！　敵襲だ、全員戦闘態勢！」

「了解！」

雨の中、自分たちは慌てて塹壕に飛び込みました。

そして、息を殺して塹壕壁に背を押し付けます。ぬかるんだ泥が、べちょりと背に張り付きました。

「アレン、何が見える」

「報告します。本地点より約５００ｍほど北の味方塹壕に、複数の爆煙が上がっております。敵魔《てきま》砲兵《ほうへい》による攻勢と推測されます」

「ようし、上層部の指示を仰ぐ。先の命令は取り消しだ、各員待機せよ」

偵察兵のアレン先輩が塹壕から顔を出し、偵察鏡を使って周囲の状況を伝えてくれました。


……敵の攻勢。

雨では火力が下がるので、あまり攻撃してこないという話でしたが……。

「上層部より指令。本小隊は、敵も迎撃するため北上する」

「りょ、了解です」

「現地に到着次第、我々はレンヴェル少佐殿の指揮で行動する」

レンヴェル少佐殿とは、百㎞近くに及ぶ当戦線の、中央部から北部にかけて数十㎞の範囲の指揮を任された方です。

ガーバック小隊長殿にとって直属の上司で、もう結構な老齢であり、開戦前から軍で指揮をとり続けているベテラン中のベテランなのだそうです。

今回我々は、その名将さんの指揮下で戦うことになるのですが……。彼からの指令は全てガーバック小隊長経由で下されるので、結局はいつも通りに戦う感じです。

「てめえら喜べ、馬鹿がミンチになりに遊びに来やがったぞ」

小隊長殿は嬉々《きき》とした顔になり、獰猛な瞳で北を睨《にら》んでいました。

攻撃命令がないのに、敵兵を殺せるのが嬉しくて仕方ないのでしょう。

「先輩の嘘つき！　雨の中であんま敵は来ないって言ったじゃ無いっスか！」

「来ちゃったねー」

自分たちが進む北方向では、何重もの爆音が鳴り響いていました。

今オースティン軍が潜む塹壕を、敵が砲撃しているのでしょう。

「塹壕の防衛部隊を減らすため、数時間はたっぷり爆撃がある。その間に北上して、味方の背後を固める」

「はい」

「なかなかの砲撃の密度だ。おそらく最前線の塹壕は放棄するはめになるだろうが、ソレ以上は抜かせねぇ」

この砲撃は準備砲撃と呼ばれ、攻勢に出る場所に数時間かけて砲撃魔法を浴びせる戦術です。

準備砲撃をしないと無傷の防衛部隊に突撃する事になるので、攻撃側に勝ち目がありません。

なので現代戦で攻勢に出る場合は、この準備砲撃が必須と言われています。

しかし準備砲撃は、敵に攻撃する場所を予告してしまうデメリットもあります。

準備砲撃が行われている間に、防衛側はその後方にたっぷり兵士を用意すれば良いのです。

そうすれば例え砲撃で防衛部隊が全滅しても、戦線を一気に突破されるようなことは起こり得ません。

だから十年近くも、戦線が膠着しているのです。

「少佐からの指令だ、俺たちは第三層目の塹壕で防衛網を構築する」

「了解です」

基本的に塹壕は、何層にも渡って構築されます。一層目の塹壕が制圧されたら、次は二層目の塹壕で迎え撃つ形です。

相手の攻勢を、一層目の塹壕で押し返せたら完全勝利。二層目まで奪われたら痛み分けという印象です。

準備砲撃の間に周囲から援護が来るので、三層目まで奪われることは稀《まれ》です。

「防衛部隊の連中が頑張ってくれりゃあ、俺たちの出番はないはずだが」

「最近、敵さん数に任せてすごい勢いで突っ込んでくるからなぁ。二層目くらいまでは、また割られるんじゃねぇか」

「せっかく俺たちが進んだ距離が……」

この防衛網を構築するにあたって、衛生兵の役割は――――はっきり言ってありません。

何せ後方に近い三層目の塹壕で負傷したら、すぐ野戦病院に運べば済む話なのです。

新米の自分より正確な治療が施されるので、我ながら自分の存在意義が分かりません。

場所をとる分、此処にいて邪魔にさえなります。

「トウリは俺に万が一があった時は、命がけで俺を救助して治療する役目だ。万が一がなければ、ずっと穴の中で縮こまって震えてろ」

「……はい、小隊長殿」

と、小隊長殿の言い草からもはっきり言って何で自分は連れてこられたんだ状態です。

何とか自分の存在意義を見出すなら、ガーバック小隊長殿が死ぬ可能性を僅かに下げる安全装置くらいでしょうか。


「敵突撃部隊、前進してきます！」

数時間後。

魔砲部隊による攻撃が終わり、敵が突撃してきました。

アレンさんが偵察鏡越しに見た感じ、明らかに我が軍より突撃部隊の密度が濃いようです。

数に任せて、と言うのはこのことを言っていたのでしょう。

「あー。もう一層目の塹壕、突破されました」

「……ちっ」

突撃開始から一時間もたたないうちに、最前線が突破されたことを報告されました。

つまり、塹壕に籠もっていた兵士は殺されたか捕虜《ほりょ》にされたという事になります。

「ったく、ちょっとは粘れや。俺たちの決死の突撃の成果を何だと思ってやがる」

「……」

ガーバック小隊長殿には、防衛部隊の兵士を心配する様子はありません。

何なら舌打ちして、文句まで言っています。

「二層目の塹壕も、間もなく突破されそうです。小隊長殿、ご準備を」

「んだと⁉　かーっ、雨中突撃のくせに早すぎるだろ。うちの防衛部隊は、腑抜《ふぬ》けしか残ってないのか」

「……というより、ウチらの正面の部隊がかなり練度が高いっぽいですね。他の敵に先駆けて、凄い勢いで突進してきてます」

自分たちの正面の部隊が、すごい勢いで前進している。

そんなアレンさんの報告を聞いて、ガーバック小隊長殿はピクリと眉を動かしました。

彼の不機嫌そうな顔が一転し、ニヤリと唇をゆがめて笑いだします。

「ほう？　指揮官の風貌《ふうぼう》は？」

「雷を纏《まと》って突進してくる、金色長髪の小槍使《こやりづか》いです」

「お、そりゃ良い。大将首じゃねぇか」

ガハハ、と小隊長殿は機嫌よさげな顔になり、アレンさんから偵察鏡を奪い取りました。

そして、自分の目で敵の顔を確認し、ニヤリと笑いました。

「間違いねぇ、雷槍鬼《カミキリ》だ」

「カミキリ……ですか」

「エースだよ、敵の。運のねぇ野郎だ、ワザワザこの俺が潜んでる防衛拠点に突っ込んでくるとはな」

ギョロリと、ガーバック小隊長殿の目が獰猛に動きます。

エース。それはつまり、敵の中の『ガーバック小隊長殿』のような存在という事でしょうか。

「雨中だからこそ、奴の雷魔法が一層有効訳ですね」

「奴は突撃するのも早いが、撤退する判断も早い。機動力を削がねぇと――――、足を狙いてぇな」

「お任せください」

「ようし、よく引き付けるぞ。合図を出すから、俺が飛び出すのと同時に奴の足を狙い撃て。その隙に俺ぁ首を刎《は》ねる」

手柄だ、大将首だ。小隊長殿は、見るから嬉しそうにウズウズしていました。

先ほどまでの不機嫌が、嘘のようです。

自分としては、突撃してくる敵の部隊を率いるのがエースと聞いてゲンナリしているのですが。

「今日はツイてるぜ！」

自分を殺しに来る敵が強いことを喜んでいる小隊長殿は、やはり狂っています。

「トウリは、塹壕から首だけ出して俺の背中から目を離すな。俺に万一のことがあれば、迷わず回復魔法を使え。アレンは周囲を警戒しつつ、俺が負傷した場合は飛び出して救助せよ。マリュー、てめぇ、その時は雷槍鬼《カミキリ》に突っ込んで時間稼ぎな」

「「了解です」」

「他の連中は、塹壕内でその他の敵に応戦せよ。一人たりとも塹壕内に踏み入らせるな」

小隊長殿の指令で、自分はちょこんと塹壕から顔を出すことになりました。

偵察兵であればニュッと上に伸びる偵察用の鏡《スコープ》を持っているのですが、自分には支給されていません。

無防備に頭だけ塹壕の上に出して、撃たれないでしょうか。

「安心しろ、俺の後ろへ銃弾なんぞ飛んでこねーよ」

「はい、よろしくお願いします」

正直怖いですが、小隊長殿の命令なら仕方ありません。

命令違反で銃殺されるくらいなら命令通り死ぬ方がマシ、という悲しい現実がありますので。

「小隊長殿！　敵、間もなく本塹壕に突撃してきます」

「よっしゃああ！　迎撃だ、銃構えェ！」

合図とともに、勢いよくガーバック小隊長殿は塹壕を駆け上がりました。

彼の蹴った土埃《つちぼこり》が口に入ったのか、サルサ君が顔をしかめてペッペと唾を吐いています。

「……おお」

自分は指示通りに塹壕から顔を出して、小隊長の背中を見守りました。

ガーバック小隊長は前傾姿勢のまま、一直線に敵将目掛けて突っ込んで行くところでした。

「────！」

金色長髪の小槍使い『雷槍鬼《カミキリ》』は、自慢の小槍で鉄条網を斬り飛ばしていました。

鉄条網とは鉄線で作られた柵のような遮蔽物《しゃへいぶつ》です。本来は遠回りするか、手榴弾などで吹き飛ばす必要があります。

これを一息に斬り飛ばしている時点で敵将も大概おかしいのですが……。

「死ね、俺の手柄ァ！」

音もなく。

小隊長殿の雨垂れ滴る刃は、雷槍鬼《カミキリ》の下腹に吸い込まれていきました。

血飛沫が戦場に舞い、野太い苦悶《くもん》の雄たけびが雨中に轟《とどろ》きました。

「────ァ!!」

敵のエース級は奇襲に動揺し、後ろに大きく跳躍しようとしていました。

その隙を逃さじとガーバック小隊長は一歩踏み込んで、軍刀を大きく振り上げました、が──

「チッ」

その直後、雨が蒸発するほどの高圧電流が雷槍鬼《カミキリ》を覆い隠しました。

その輝きは遠くで見ていた自分がのけぞるほどで、視界が真っ白に染まりました。

「ムシケラのくせに、小生意気な！」

今のは敵が発した雷魔法か何かでしょうか。

あまりの威力に、ガーバック小隊長殿は黒焦げになったんじゃないかと焦りましたが……。

あの至近距離で、彼はしっかり魔法を躱《かわ》していたようです。

「今だ、小隊長を援護しろ！」

「撃てェ！」

小隊長殿が魔法を躱して距離を取った数秒後、敵将の右太腿《ふともも》に血飛沫が上がりました。

指示通りに誰かが、雷槍鬼《カミキリ》の足を撃ち抜いたみたいです。

「当てたぜチクショウ！」

「よくやったグレー！」

しかし敵もさるもの、雷槍鬼《カミキリ》は足を撃たれたはずなのに全力疾走で後退していきました。

雷槍鬼《カミキリ》の腹は小隊長の刀で裂かれており、満身創痍《まんしんそうい》のはずなのに。

「おう何処にいく、ムシケラ！　てめーらもっと撃て、ここで奴を仕留めろ！」

ガーバック小隊長はそう叫んだあと、黄金長髪の小槍使いに向かって駆けだしていました。

敵の足も速いですが、ガーバック小隊長殿の踏み込みはまさに神速です。

十分に追いついて、敵の首を刎ねることはできそうでした。


――できそうでした、けど。


ちらり、と視界の端に気になるモノが映りました。

それは、剣を構えるガーバック小隊長殿よりずっと先で、誰かが何かを銃で打ち上げる姿です。

自分はＦＰＳゲームの経験から、真正面の敵だけでなく視界の端にもチラチラ視線をやる癖がありました。

それが、自分の命《ライフ》に直結する場合であれば尚更《なおさら》。

……擲榴兵。

今、擲榴兵が間違いなく、自分たちの潜む塹壕に向けて何かを撃ち出しました。

「あっ――――!!」

小隊の中で唯一ソレに気づいた自分は、静かにパニックに陥りました。

敵の撃ち出した何かは、もう一秒もしないうちに我々小隊の潜む塹壕に落ちてきます。

そうなれば、皆、死――――

「どうしたトウリ、撃たれたか!?」

「……【盾《シールド》】！」

自分は咄嗟に、その何かに向けて防御魔法を行使しました。

勝手に行動する事になりますが、小隊長に許可をとってる時間なんぞ有りません。

「へ？　ちょ、トウリ？」

「伏せてください！」

この時の自分は、無我夢中でした。

だから今振り返っても、非常に愚かとしか思えない行動をとったのです。

自分はなんと、薄っぺらいガラス板ほどの強度しかない【盾《シールド》】の魔法を榴弾《りゅうだん》に向けて形成したのです。

「榴弾が投擲されています――――」

もし降ってきたのが『信管式』、いわゆる衝撃に反応して爆発するタイプの榴弾であれば、自分は黒焦げだったでしょう。

しかし幸いにも、自分たちに投擲された榴弾は衝撃により起爆するタイプではなく、時限式で爆発するタイプのようでした。

「げ、榴弾⁉」

「伏せろぉ！」

後で教えてもらったのですが、自らの手で投擲するタイプの榴弾は衝撃に反応するタイプが多く、専用銃で射出する榴弾は時限式が多いそうです。

銃で発射する際の衝撃で誤爆しないようにするためらしいです。

「弾き、ました！」

射出された榴弾は、その衝撃で自分の【盾《シールド》】を砕きながら転がっていきました。

それはシューという不気味な音を立てて、自分から数メートルほどの位置で停止しました。

おそらくまだ、爆風の圏内。このままであれば、重傷は免れません。

「間に合え、【盾《シールド》】……っ！」

間髪入れず、もう一度自分は【盾《シールド》】の魔法を行使しました。

転がった榴弾と小隊メンバーを遮るように、薄い青色の障壁が展開されます。

至近距離の爆風なんぞ耐えれるはずもない脆弱《ぜいじゃく》な【盾《シールド》】ですが、何もしないよりは遥かにマシだと思ったのです。

「トウリちゃん、それは危ないっ!!」

自分は【盾《シールド》】を完成させた直後に、誰かに押し倒されました。おそらく、隣にいたサルサ君かと思われます。

自分は泥だらけの塹壕の床に叩きつけられて、そのままサルサ君にのしかかられました。

直後、耳が割れそうなほどの爆音と、視界が土砂で真っ黒に染まり、

「……あ?」

気が付けば吸い込んだ空気が燃えるように熱く、凄まじい衝撃で全身が痛み出していました。

数秒遅れて、自分とサルサは炎に巻き込まれたのだと気付きました。

「この死にぞこないがぁ!!」

激しい耳鳴りと頭痛で意識が朦朧《もうろう》とする中で、遠くにガーバック小隊長の怒声が響いたのが聞こえました。

「逃げんなカス!　ボケ!!」

ゆっくり目を開けると、自分は泥まみれになって塹壕の淵《ふち》に仰向けに倒れていました。

ヒンヤリとした雨が、針のような痛みを伴って降り注いでいます。

「生きてるか、トウリ二等兵!」

「おい、しっかりしろ!」

どうやら自分は爆風により、数メートル吹っ飛ばされ転がったようです。

幸いにも、雨で抜かるんだ土がクッションになって致命傷だけは避けられたようですが
……。

自分の両足に灼《や》けつくような痛みを感じます。

「酷い火傷だ、こりゃもう立てねぇな。おい、意識はあるか」

「はい、その、自分はどうなったのでしょう、か」

「足が真っ赤に腫れあがってるが、他に特に傷はねぇ。まだ死なねぇから、気をしっかり保《も》て」

徐々に、周囲の景色がしっかりしてきました。口の中に、泥と鼻水が入り込んでいるのがわかり、思わずむせ込んでしまいます。

「くそったれ!!　逃げやがった、あの臆病モン！」

少しずつ意識を立て直しているうちに、怒り心頭といった顔の小隊長殿が塹壕に戻ってきました。

どうやら小隊長殿は、敵のエースを討ち取ることはできなかったようです。

「しかも、結構な損害じゃねぇか。手傷負った雑魚はとっとと後退しろ、後退！」

「あ、う……」

その小隊長殿の指令で、

「ほら、力抜いてトウリちゃん。大丈夫だ、俺が運ぶから」

「ありがとう、ございま、す」

自分はほぼ無傷だったグレー先輩に担がれて、ようやく周囲の状況を見渡すことができました。

身体の左半分に大火傷を負ってフラついている人、まだ塹壕に倒れてピクピクしている人など、ガーバック小隊は満身創痍というにふさわしい状況でした。

「ま、待ってくだ、さい。あの人の、治療が必要――――」

爆風の被害者のうち、塹壕内で倒れて痙攣《けいれん》している人は特に重傷でした。

彼は背中を黒焦げにして、小刻みに痙攣し、息が荒くなってきています。

「今ここで治療しないと、彼は――――」

「……ああ。彼はもう遅いよ、トウリちゃん」

だというのに、グレー先輩は自分を抱えて歩き出しました。

まだ遅くなんかありません、呼吸をしている限り生きる希望はあります。適切に応急処置をすれば、まだ、

「アレン先輩、ソイツの顔見せてやってくださいよ」

「……ああ」

そしてゆっくりと、アレン先輩はうつ伏せに寝ている人の顔をこちらに向けてくれました。

わざわざ見やすいように、身体を起こして。

「――――サルサ君?」

その兵士は、サルサでした。

先ほどの爆発の際、自分を庇って押し倒し、至近距離で爆風を浴びてしまったサルサ君でした。

「……手榴弾の破片で、顔が半分なくなってる。助かりっこない」

「もう寝かせといてやれ、こいつはよくやったよ」

そんな彼の顔は、右目から後頭部にかけて大きな亀裂《きれつ》が入っていました。顔をあげると同時にどろり、と赤黒い脳漿《のうしょう》が地べたに零《こぼ》れ落ちました。

「……サ、ル……」

呆然《ぼうぜん》と、自分が彼の名を呼び終わるより前に。

サルサ君の身体はビクンと大きく跳ねて、二度と動かなくなりました。


【四月十二日　朝】

昨晩の交戦で両足を負傷したあと、自分は野戦病院に搬送されました。

ゲールさんが顔を真っ青にして駆けつけてくださり、すぐ治療を受ける事ができました。

自分は別に重症患者ではないのですが、回復魔法の使い手なので治療優先度が高かったのです。

軽症者が治療待ちの列を作る中、自分は早々にベッドが割り当てられて眠りにつく事ができました。

……死臭と呻《うめ》き声《ごえ》の溢《あふ》れる、戦闘直後の野戦病院の病床で。

サルサ二等兵は西部戦線に参加して、わずか十日で戦死しました。

彼はまだ十八歳で、ハイスクールを卒業したばかりだったそうです。

未来に夢と希望を抱いていただろうサルサ青年は、迂闊な行動をした自分を庇い帰らぬ人になりました。

輝かしいはずだった彼の未来は、雨中の泥溜まりに零れ失われました。

しかしそんな悲劇は、この西部戦線だとありふれたものです。

一度の交戦で敵味方合わせて千人弱が命を落とすそうですし、その戦死者の大半は配属して間もない新兵らしいです。

新兵が突撃部隊に配属されると、半年以内に八割が死亡するといいます。

生き残った優秀な二割の突撃兵だけが、塹壕の中で地獄のような日々を送る権利を得るのです。

どちらが幸せなのかは、正直分かりません。

サルサ青年は、自分にとって友人と言えるほどの関係ではありませんでした。

付き合いも浅いですし、仲良く会話した事もありません。

初日に死んでしまった、同じ孤児院出身のバーニー・ノエルの方がよほど親しい間柄です。

迂闊で間抜けなサルサが、この戦場で生き残れないことはわかっていました。

なので自分は、あまり彼と親しくならないよう心の壁を作っておきました。

――――だというのに、どうしてでしょう。


一晩寝た今もなおサルサの半分に欠けた顔が、頭にこびりついて離れません。

無表情に脳漿を零し、痙攣するサルサの姿が瞼《まぶた》の裏に浮かんで消えません。

少し気を抜くと、大声をあげて泣き出してしまいそうです。

サルサ君が自分を押し倒し庇ったりしなければ、顔が半分に欠けていたのは自分だったでしょう。

他人の命と引き換えに庇われて生き延びるのが、こんなに辛いとは思いませんでした。

自分は、自分自身で思っていたよりはるかに、心の弱い人間だったようです。


「足が治癒したようだな、トウリ衛生兵」

あの激戦を生き延びた翌日、自分は呆然と虚空を見つめ続けていました。

恐ろしい顔の小隊長に声をかけられるまで、死んだ魚のような目で虚空に浮かぶサルサの幻影を見つめ続けていました。

「……ガーバック小隊長殿」

「貴様に問いたださねばならぬことがある。至急、俺のテントに顔を出せ」

小隊長殿は、無言で病床に座る自分の前に来てそう命じました。

自分を睨むガーバック小隊長の形相《ぎょうそう》は憤怒《ふんぬ》に染まり、唇を震わせていました。

その彼の怒りに、思い当たる節はいくつかあります。

「了解しました」

「ちょっと！　軍人さん、その娘はまだ安静を……」

「黙れ、上官命令だ」

正直、何故かその時の自分は、叱ってもらえるのであればありがたいと感じました。

自分がもう少し、何かをうまくやっていれば、サルサは死なずに済んでいたような気がしたからです。

きっと、そうに違いありません。

「おら立て、歩けトウリ」

「……はい」

半ば幽鬼になったような感覚で、自分は促されるままに立ち上がりました。

そして、ゲールさんに丁寧に火傷を治していただいた両足で立ち上がり、小隊長殿についていきました。

「なあトウリ、俺は学習能力のない奴がこの世で一番嫌いなんだ」

「……はい、小隊長殿」

小隊長殿のテントの中まで、ついて入ったその瞬間。

凄まじい衝撃が頬を穿《うが》ち、自分は鼻血を噴いて地面に倒れ伏しました。

「ついこの間だ。貴様は自分が魔法を使う時は、何が必要と聞いた？」

「小隊長殿の、許可を求めるように、と」

案の定、小隊長殿のテントで自分を待っていたのは、激しい叱責と暴行でした。

ガーバック小隊長は倒れた自分の胸ぐらを摑《つか》み上げると、そのまま地面に叩きつけました。

衝撃で息が詰まり、右の踵《かかと》で何かが砕ける鈍い音を感じました。

無許可での【盾《シールド》】の魔法の行使。それが、今回の自分の叱責理由でした。

「覚えていたのに、何故それを怠った？」

「自分が、無能だからです」

その返答の直後、自分の顔面を、胸を、腹を、小隊長殿の激しい鉄拳が襲いました。

以前、サルサ君に自己判断で回復魔法を使った時より、遙かに激しい暴行でした。

「なぁ、俺は言わなかったか？　命令違反を二度繰り返したら、どうするって」

「……処刑を、行うと仰っていました」

「俺様のありがたい指導を、覚えておく頭はあったわけだ。じゃあつまり、お前は自分の意志で、この俺に歯向かったという事になるな」

「弁明のしようもございません」

「死ねこのクソガキ!!」

途中からは何をされたのか分かりませんが、ただ苛烈な暴行を振るわれたのは分かりました。

このままでは、死ぬ。ガーバック小隊長殿に殴り殺されてしまう。

そう本能的に理解できたものの、自分には抵抗する気力も、命乞いする気概も残っていませんでした。

「死ね、死ね、死ね、この能無し！　そんなに俺の命令を聞くのがイヤだってなら、次の任務で二度と命令聞かなくていいよう戦死させてやるよ！」

いつしか小隊長殿の拳には血が滲《にじ》み、自分の吐血でテントの床は真っ赤に染まっていました。

自分は四つん這《ば》いになって、一言も発さずただ殴られ続けました。

「テメェの代わりなんざいくらでもいるんだ！」

その暴行は、全身がクタクタの塩辛のようになるまで続きました。

手も、足も、目に見える範囲全ては痣だらけ。何度か血反吐《ちへど》も吐きましたし、そこらの骨が軋《きし》んで腫れあがっています。

「今日は一日、食事抜き。あと、直立姿勢を崩さず俺のテントの前で立ってろ」

「……了解しました」

「治療行為は許さん。そのまま死んでろ、ゴミ」

その小隊長殿の命令を受けて。

自分は、ヨロヨロと折れた足を引きずりながら、言われた通りにテントの外に立たされることになったのでした。

「派手にやられたな、トウリ二等衛生兵」

「……」

「ったく小隊長殿も……。苛立《いらだ》つのはわかるけど、こりゃやり過ぎだ」

一時間近くに及ぶ小隊長殿の『指導』が終わり、外に立たされた自分を待っていたのは偵察兵のアレン先輩でした。

彼はボロ切れのようになった自分の身体を見て、申し訳なさそうにしていました。

「……あの、先輩」

「どうしたトウリ」

「その。先輩の、そのお姿はいったい」

そんなアレン先輩の顔を見て、自分はギョっとしてしまいました。

何せ、

「ああ、俺もボコられたよ。痛てーよな、まったく」

「……」

アレン先輩も、自分と同じくらい苛烈な傷を負っていたからです。

そして自分より先に殴られ、かなりの時間を立たされていた様子でした。

「ぶしつけで申し訳ありませんが、その。先輩も何か、命令違反などやらかしたのでしょうか」

「いや？　俺は何もやってないよ」

「では、小隊長殿の機嫌を損ねてしまったとか」

「ま、それは間違いねぇや」

その時、やはりガーバック小隊長殿の暴行は度を越していると感じました。

罰で立たさせられているアレン先輩は、普通に野戦病院で寝てないといけないレベルの重傷を負っています。

いくら機嫌を損ねたからと言って、これほど暴力を振るわれるのは非効率的すぎます。

「……俺は、殴られて当然なんさ。何せ、何もしなかったからな」

「え？」

「小隊長殿が出撃した後の周囲警戒は、偵察兵の俺の仕事だ。あの榴弾に気づくべきは、俺だった」

アレン先輩は、悔しそうに唇を噛みました。

彼の下あごに、小さな血の雫《しずく》が垂れて行きます。

「俺が擲榴兵に気付いてたら、魔法で対処するなり避難誘導するなりできた。なのに、俺はトウリが防御呪文使ったその瞬間まで、榴弾に気づけなかった」

「……かなり、遠距離からの射出でした。もしかしたら、アレン先輩の位置からは死角になっていたかも」

「だとしても、音で察知しろって話だ。俺はガーバック小隊長殿と雷槍鬼《カミキリ》の打ち合いに集中しすぎて、周囲の警戒をおざなりにしてたのさ」

「……」

「そんで、ド新兵のトウリが気付けた敵の榴弾を見逃し、部隊を危機に陥らせた。何でベテランの俺が気付かなかったんだって、小隊長殿に怒鳴られてこの始末」

自分はアレン先輩に、あの時自分がどうすれば良かったのかを教えてもらいました。

榴弾を撃ち込まれたのに気付いた場合、着弾地点を示して避難指示をするのが正解だそうです。

時限式の榴弾は、着地してから数秒ほど爆発まで猶予があります。

致命傷となる爆風の範囲はおおよそ四～五メートルほどなので、即座に走って落下地点から距離を取って伏せれば生存は不可能ではないのだとか。

「……小隊長殿のおっしゃる通りさ。俺のヘマで、未来ある有望な新兵を、殺しちまったんだ」

「そ、それは。違います、サルサ君は自分を庇ったんです。自分が、伏せるのが遅かったから」

「周囲の警戒は衛生兵の仕事じゃねぇ、それはお前の罪じゃない。そもそも配属されて十日ほどの、十五歳の娘にそんなこと言わせてる自分が情けなくて仕方ねぇ」

アレンさんの言葉の節々には、言いようのない悔しさが滲んでいました。

今、彼の頬を伝ったのは激痛による冷や汗か、それとも涙だったのでしょうか。

「俺がしっかりしてりゃ、サルサは死ななかったしトウリがボコボコにされることもなかった。トウリ、小隊長殿を恨むなら、代わりに俺を恨んどけ」

「……自分は、恨んだりは」

「あの人は自分勝手で暴力的な人格破綻者だけど、今回の件の責任は間違いなく俺にある。小隊長殿がブチ切れるのも当然だし、苛立ちまぎれにトウリへの指導もやりすぎたんだろう」

アレン先輩はそう言った後、自分に小さくすまんと謝りました。

彼は、『今回の責任は全て自分にある』と感じているのでしょう。

「胸を張れトウリ。確かに命令違反はしたかもしれねぇけど、お前が咄嗟に榴弾の軌道を変えてなきゃ死傷者はもっと増えてただろう。ストライクコースの擲榴弾だった、何なら小隊の半分は死んでた」

「……そう、でしょうか」

「間違いねぇよ。お前の盾が榴弾をはじく瞬間はしっかり見たからな。お前の命令違反は、間違いなく人の命を救った」

アレン先輩はそこで、始めて優しく笑い、

「だからさ、お前は自分を責めるな」

そう言ってくれました。


「……日が暮れたか。よしアレン、お前は治療を許可する」

「ありがとうございます」

結局その日、自分とアレン先輩は飲まず食わずで立ちっぱなしでした。

折れた脚が赤黒く腫れ、砕けた踵がずっとズキズキ痛んでいます。

一日ずっと立たされたアレンさんは、周囲が暗くなってからようやく治療する許可を貰えました。

「ただしトウリ、てめぇはまだダメだ。これから俺様が直々に、たっぷりしごいてやる」

「……ありがとうございます」

「しょ、小隊長⁉」

しかし自分はまだ、許してもらえないようでした。

二度の命令違反が、よほど腹に据えかねたのでしょうか。

「こ、これ以上何かやるなら俺にしてください。今回の責任は、俺にあります！」

「やかましいアレン、殺すぞ。おらトウリ、こっち来い」

自分は動かぬ足を引きずりながら、フラフラと小隊長殿について行きます。

それが命令だからです。

「小隊長！　待ってください！」

「うるせぇ！　お前は明日に備えてとっとと治療しに行け！」

アレン先輩は転倒してまで、自分を追いかけようとしてくれていました。

しかし、やはり満足に動けないのか倒れ込んだままおきあがれません。

そんなアレン先輩を無視して小隊長殿は、テントから後方へ離れた場所まで数分歩くと、
そこで自分に直立不動を命じました。

「さて、指導だクソガキ」

小隊長は無造作に、その辺に落ちていた小石を拾いあげました。

「おら‼」

「……ぐっ‼」

そして勢い良く、自分に向かって投げつけました。

石はわき腹にあたり、肉を抉《えぐ》って大きな傷になりました。

「避けるなよ。これは指導だからな」

「……はい」

もう自分は満身創痍なのに、まだ暴行を加えるようです。

ガーバック小隊長は、本気で自分を殺すつもりなのかもしれません。

命令違反に対する処刑、という事なのでしょうか。

「なあトウリ。お前、何で盾の呪文なんか覚えてたんだ？　誰に習った？」

「それは、ゲール衛生部長殿に習得しておくよう指導されたからです」

「ああ。なるほど合点がいった」

ガーバック小隊長は不機嫌そうな顔で、再び小石を拾い上げました。

また、石をぶつけられるようです。

「で？　あんなゴミみたいな呪文、何の意味がある？」

「それは、その、防御としての」

「あんな脆弱な呪文に魔力消費する意味を訊いてるんだ。ようし、じゃあ」

ガーバック小隊長殿は、まるで敵にでも向けるような獰猛な目つきになって、自分にこう言いました。

「【盾《シールド》】の呪文の使用を許可する。防御とやらをやってみろ」

「っ！」

その言葉と同時に、小隊長殿は思いっきり石を投げつけてきました。

「【盾《シールド》】っ‼　……あぐっ！」

「オラどうした。防御するんじゃなかったのか」

――――自分の盾の呪文は、まだ不完全です。ゲール衛生部長のような、十分な硬さと厚さを確保できません。

小隊長殿の投げた小石は自分の盾を突き破り、まっすぐ折れた脚にぶつかりました。

「どうした、防いでみろや。その自慢の防御の術で！」

「シ、【盾《シールド》】！　痛っ！」

「全部当たってんじゃねぇかゴミカス！　そんなカス術に魔力消費する馬鹿がどこにいる‼」

自分がどれだけ盾を行使しても、小隊長殿が投げた石は一つも防げませんでした。

「いい加減自分の無能を理解したか、この雑魚！」

避けることが許されず拳大《こぶしだい》の石が自分の鳩尾《みぞおち》に直撃し、思わず地面に伏せました。

酸っぱいものがせり上がってきて、血と鼻水の混じった吐瀉物《としゃぶつ》が口いっぱいに広がります。

ああ、グレー先輩の言っていたことが理解できてきました。

これは確かに、死んだ方がマシです。

「は、い……。自分は、無能、です」

「この無能、何を寝てやがる！　とっとと起きろ、そんで【盾《シールド》】を構えろ‼」

戦争に駆り出された時点で、自分の不幸は確定していたのでしょう。

ここで殺してもらえるなら、それも良いかもしれません――――

「斜状防御だ。【盾《シールド》】は斜めに出すもんだこの間抜け！」

やがて、小隊長殿は石をぶつけるのをやめると。

自分に見えるように分かりやすく、大きな【盾《シールド》】を三角形に展開しました。

「……へ？」

「ゲール衛生部長は医療のプロかもしれないが、前線の戦い方に関しては素人《しろうと》だ。【盾《シールド》】が使えたなら何故、俺に習いに来なかった」

ガーバック小隊長殿は、無言で【盾《シールド》】を維持し続けます。

自分の正面に頂点を置き、くの字に折れるよう展開されたその盾の形状を見せつけるように。

「この形で出してみろ、トウリ」

「あ、えっと、その。シ、【盾《シールド》】！」

「違う、できていない」

くの字になるよう盾を出せ。

いきなりそんなこと言われても、イメージが上手くいかず失敗してしまいました。

いつも通りの、平らな板が自分の前に形成されます。

「慣れていないうちは、掌の先に板を突き出すイメージをしろ」

「掌の、先に」

「そして、掌で形成したい【盾《シールド》】の形を作るんだ」

ガーバック小隊長殿はそういうと、両掌を外向きに三角形に組んで見せました。

自分もそれを真似して、掌の前に【盾《シールド》】を形成してみます。

「シ、【盾《シールド》】！　……あっ」

「そうだ、それでいい」

そうすれば自分も小隊長殿のように――――、薄いですが三角形の【盾《シールド》】を形成することができました。

……そうか、この形は。

「そら」

間髪入れずに、小隊長殿が自分に小石を投擲しました。

先ほどと同じように、本気の投擲です。

しかし斜めに形成された【盾《シールド》】に石がぶつかると。

【盾《シールド》】は砕け散りましたが、石は弾かれてあらぬ方向へと飛んでいきました。

「分かったか、敵の攻撃ってのは逸らすもんだ。正面から受け止めるもんじゃない」

「……」

「もし爆風を前にその斜状防御で【盾《シールド》】を形成できてさえいれば、破片の幾つかは逸れ、損害状況は大きく変わっただろうな」

厳しい口調で、ガーバック小隊長殿はそう言いました。

自分が、この技術を習得していれば、損害は減ったと。

「では、サルサ君は」

「運が良ければ、助かっただろう」

グラリ、と眩暈《めまい》に襲われます。

こんな簡単な事だったのです。小隊長殿に一度、軽く手解《てほど》きしてもらえただけで【盾《シールド》】はより強固になったのです。

自分がこの、斜めに盾を出す技術を習得してさえいれば、あの人の好いサルサ君は――。

「前もって貴様が、咄嗟の際に【盾《シールド》】を使う許可を求めてさえいれば。俺は無論、この技術を伝授しただろう」

「……」

「お前がボコボコに指導を受けた理由、理解できたか」

目の前が真っ暗になっていくのを感じました。

そうです、自分が怠っていたのです。

まだゲール衛生部長に習っている最中だからと、【盾《シールド》】の術について小隊長殿に情報共有しなかったのです。

そのせいで、彼は。

「指導は終わりだ。野戦病院で治療を受ける許可をやる」

「は、は、い……」

「あと今後、非常時に限り【盾《シールド》】の呪文の使用を二回まで許可する。土壇場で俺に許可をとる時間なんぞ無いだろうからな」

殴られて当然でした。

自分は以前、上官命令の重要さを指導されておきながら、ソレを疎《おろそ》かにして同期の命を奪ったのです。

「……次はないぞ、トウリ」

ガーバックはそう言うと、一人でテントに戻っていきました。


「ト、トウリちゃん⁉」

そして自分は、吐きそうになりながらフラフラと野戦病院に戻りました。

全身の痛みと、自分のしでかした罪の重さで、頭が変になりそうでした。

「……ガーバックの奴ね‼　重傷の少女兵相手になんてことしでかすのよ！」

もう何も考えられず、激怒して叫ぶゲール衛生部長の金切り声を子守唄に、

「もう我慢の限界だわ！　衛生部長として抗議を出すんだから！　治療した先から重傷負わすって、何考えてんのよあの人でなし！」

自分はゆっくりと、意識を手放しました。


【四月十三日】

翌日。

自身の仕出かした不始末の責任に打ちのめされて眠った自分は、野戦病院のベッドで目覚めました。

自分の隣には、同じ小隊のアレン先輩が寝かされていました。

「……起きたのね、トウリちゃん」

顔をあげると、優しい声が自分へ語り掛けてきました。

振り返れば、泣き黒子の美人ゲール衛生部長がにこやかにデスクに座っていました。

「おはよう、トウリちゃん。無事で何よりね、昨日の地獄をよく生き延びてくれたわ」

「はい、衛生部長殿。おはようございます」

どうやらゲールさんは自分を心配し、様子を見に来てくださったようです。

自分の身体の怪我は、殆ど傷なく完治していました。

もしかしたらゲールさん自ら治療してくださったのかもしれません。

「目が覚めたなら、すぐに着替えて貰えるかしら？　ちょっと、負傷者の数がとんでもない事になっていてね」

「とんでもない事ですか」

「とんでもない事なのよ」

聞けば昨日の防衛戦で、かなりの損害が出たようでした。

味方は死者だけで千人を数え、負傷者を含めると約三千人に上るそうです。

敵は昨日の攻勢に、かなり力を入れていたみたいですね。

「負傷明けで悪いんだけど、人手が全く足りてないの。ガーバックに許可はとってるから、今日は治療を手伝ってちょうだい」

「はい、了解しました。現時刻から明朝五時まで、自分はゲール衛生部長の指揮下に入ります」

「お願いね。……本当は昨夜から手伝って欲しかったんだけど、あの馬鹿の八つ当たりのせいで……」

一瞬だけ、ゲール衛生部長は物凄く怖い顔をしました。

大量の患者が入床した時の、衛生兵業務はかなり忙しいです。

そんな大変な時に呑気《のんき》に熟睡していた自分は、かなり不興を買ったことでしょう。

後で皆に、しっかり謝罪しておかないと。

「ガーバックがいないだけで私たちの仕事はどれだけ減るのかしらね。……はぁ」

「自分が不甲斐《ふがい》ないせいで迷惑をお掛けして申し訳ありません」

「トウリちゃんは悪くないわ。仕事は真面目だし、よく働いてくれてるし。と言うか、ガーバックの折檻《せっかん》の理由を聞いたんだけど、私が教えた【盾《シールド》】のせいなんでしょう?

……ごめんなさいね」

「とんでもありません、ひとえに自分が報告を怠ったせいです。昨日の小隊長殿の指導内容は、至極妥当であったと理解しております」

「うーん……。本当、突撃部隊にしとくには勿体ない真面目さねぇ」

自分の答弁を聞いて、ゲール衛生部長は困ったような表情を浮かべました。

どうしたのでしょうか。

「隠すのもなんだから伝えておくけれど、実は昨日、上層部にトウリちゃんを私の衛生部隊に戻すよう要請したの」

「それは、やはり自分が前線での任務に耐えられないという判断でしょうか」
「いいえ。私は衛生兵をガーバックの下に送る条件として『何があっても衛生兵の命を守る事』とキツく約束させたの。なのにトウリちゃん大火傷して運ばれてくるし、アイツ自身の体罰で大怪我《おおけが》してるし。約束が違うわ」
「……なるほど」
「ただでさえ人手不足の衛生部なんだから、絶対にトウリちゃんは返してもらうんだから」

野戦病院の、衛生兵は慢性的に人手不足です。満床の時は回復魔法の回数が全く足りません。

なので身体には悪いですが、魔力が尽きたら秘薬を飲み、精魂尽き果てるまで回復魔法を行使します。

前世のブラック企業も真っ青になるレベルの重労働です。

「一度で通るか分かんないけど……。衛生兵が一人増えるだけで兵士を何人助けられるか、説き伏せてやるんだから」

目の前のゲール衛生部長も、目の下にガッツリ隈《くま》を作っていました。恐らくは、徹夜明けでしょう。

衛生兵は数十人しか存在しませんし、回復魔法は人数がものを言います。

自分のような新米でも非常に大きな労働力になります。うっかり死なれたら困るのでしょう。

「さて、目を覚ましたなら顔を洗ってらっしゃい。もうすぐ、D病床の回診が始まるからトウリちゃんも付いていきなさい」

「了解しました」

ま、自分の活用法に関しては上層部の判断に従うのみです。

昨日のサルサ君を殺したミスは、自分の怠慢《たいまん》から来るもの。

そんな迂闊な小娘を前線に送り出すより、後方で医療に従事させていた方が利益になるという判断が下されても仕方ありません。

「……それと、あまり気に病まないようにね。うなされていたわよ、とても」

「気を付けます」

デスクから立ち去る間際、衛生部長から軽く釘を刺されました。さすがに、ゲールさんは人を良く観察しています。

正直、自分はサルサ君の事をかなり引きずっていました。

しかし、今苦しんでいる患者さんの為にも気持ちを切り替えないとなりません。

たっぷり眠っていた衛生兵が集中不足で医療ミスなんかしたら、申し開きもできませんから。


「トウリちゃん、君、思ったより魔力量が増えてるな」

「……本当ですか」

D病床の朝回診から仕事に参加した自分は、衛生兵の先輩にそんなことを言われました。

「トウリちゃん、十五歳だっけ」

「はい、その通りです」

「そっか、成長期だもんな〜。この成長速度なら、来年には主力になれてると思うよ」

「そんな、一年程度で先輩に追い付くはずがありません」

「だって、来年から俺いねえし」

この先輩は所謂《いわゆる》、かなりデキる系の人です。

彼はもともと大学で医療を研究していた癒者《ヒーラー》で、徴兵により前線に送られたそうです。

知識量も回復魔法も非常に優秀で、徴兵組でありながら病床主任を任されています。

「俺は来年、兵役終わったら大学に戻るけど。トウリちゃんも生き延びられたら、ウチの大学来ない？」

「大学ですか」

「うん、そこでしっかり修行して回復魔法を身に付ければ、戦争終わっても食いっぱぐれないよ」

「お誘いありがとうございます、是非検討させていただきます」

もし生きて帰ることができたら。先輩は、そんな言葉を口に出しました。

野戦病院で仕事に従事する衛生兵は、基本的に死ぬことはありません。

戦場の最後方に設置されている野戦病院まで、損害が及ぶことはそうそう無いからです。

「自分が生き延びられる可能性は、あまり高くはありませんが」

「……まぁ、お前はな。同情するよ」

ですので、突撃部隊に所属しているファンキーな衛生兵である自分はさておき、衛生兵の死亡率はかなり低いです。それこそ、防衛部隊に配備されない限りは滅多に死にません。

志願兵は功績を立てれば後方勤務になりますし、徴兵組も兵役である三年間を生き延びれば故郷に帰れます。

ずっと前線で衛生兵やりたい、なんて奇特な人もいるらしいですが。

「はやく負けて欲しいもんだね。前線で殺し合いの尻拭いさせられるより、研究で医学を発展させる方がよっぽど万民の為になる」

「その言葉、上層部の方に聞かれるとまずいのでは」

「まずくねぇよ、俺の本音さ」

なので基本的に、衛生部に所属する人は軍人であるという意識は低いです。

危険地域に強制就労させられた一般人、と認識している人の方が多いでしょう。

「人を殺しに行く奴の傷を治せだなんて、癒者《ヒーラー》を馬鹿にしてやがる」

だから、彼らの価値観はかなり市井に近い気がします。

戦争に毒されていない、まともな感性の人ばかりなのです。

「ちょっと病院テントの外を見てみろ、兵士の連中が穴掘ってるだろ」

「はい、今日も塹壕を掘ってくれている様子です」

話の流れで、先輩が外を指さしました。

そこには、ショベルを持った兵士の方々が集まり、大きな穴を掘っていました。

前線ではよく見る光景です。

「いや、野戦病院より後方に塹壕掘って何になる。ありゃ墓穴だ」

「お墓、ですか」

「おう、死体を回収して貰えたラッキーな奴の墓。激戦区で死んだ奴の死体は野晒《のざら》しだからな、埋めて燃やして貰える奴は幸運だろう」

言われてみれば、確かに塹壕にしては掘った穴が丸いです。

それに、穴の周りには涙を流していたり黙禱《もくとう》をささげていたりする兵士が幾らか見受けられました。

あれは、確かに埋葬のようです。

「俺は今朝、あの中に自分が担当してた奴を見かけたよ。手首が千切れて、泣きわめきながら運ばれてきた患者だ」

「……」

「我ながら完璧な処置で、以前のように手首を動かせるように丁寧に手術してやった。ありがとう先生、って破顔して喜んでくれたよ。その三日後に、戦死してあの穴の中さ」

「それは、運が無かったとしか」

「運だ？　履き違えるな、国が一言『参りました』『もうやめましょう』って言えれば失われなかった命だ。ソイツは国に殺されたんだ」

先輩はそう言うと、遠い目で穴に放られていく死体を眺めながら、

「毎日積み上げられていく死体の中に君が混じらない事を祈ってる」

そう呟《つぶや》きました。

「……あ」

そして、自分は。

「すみません先輩、少しだけ休憩をいただけないでしょうか」

「ん？　ああ良いよ、君の魔力も切れてるだろう。少しリフレッシュしてくると良い」

「ありがとうございます」

その掘られた墓穴の近くに、ある人物を見かけました。

「では少し、席を外させていただきます」

その人物とは、アレン先輩です。

昨日、たっぷりガーバック小隊長に指導され野戦病院に寝かされていた偵察兵の先輩です。

もう動けるようになったのなら、声をかけておきましょう。


「……アレン先輩」

「おお、トウリか」

さすがは衛生部の仕事、昨晩の暴行によってアレン先輩が受けた傷の殆どは完治している様子でした。

彼はショベルを持って、墓穴造りに参加していたそうです。

「身体のお加減はもうよいのですか」

「ああ、ありがとう。トウリも、思ったより元気そうでよかった」

アレン先輩は、自分を見て優しく笑いました。

この調子だと、明日から問題なく復帰できそうです。

「……トウリ、良いタイミングで来てくれたな。アイツもなかなか捨て置けん」

「良いタイミング、ですか?」

「ああ。休養日の少ない俺たちが、こうして戦友を見送れる機会なんて多くないからな」

アレン先輩はそう言うと、視線で自分を死体の寝かされた山へ促しました。

そこに寝ていたのは、

「サルサ君……」

「ああ、今から火葬だ」

乱雑に積み上げられた死体の山から顔を出した、同期のサルサ君の顔でした。

「……」

心拍が、早くなるのを感じます。

彼の肌は不気味なほど青白く、顔は赤黒く焼けただれ、頭の損傷部を隠すように布が縛りつけられていました。

……覚えています。

サルサ君がついこないだの宴会で、ひょうきんに裸踊りをしようとしていた事を。

その彼の馬鹿馬鹿しくも、どこか優しさを感じさせる人柄は、決して嫌いではありませんでした。

「そうだ、トウリ。サルサについて良い思い出話がある」

「自分に、ですか？　アレン先輩」

「ああ。と言っても、たいした話じゃないが」

やがて、集められた全ての遺体が穴に放り込まれると、周囲にその辺に咲いていた花や野草が添えられ始めました。

そして牧師のような服を着た兵士が前に出て、冥福を祈る口上を始めました。

「この前、女を買いに出かけた時に話したんだが。アイツな、お前に命を救われたことを凄く気にしてたぞ」

「サルサ君が、自分に？」

「ああ。救われたのに夕食も分けれなかったし、借りっぱなしだって」

アレン先輩の言葉に、そう言えばと思い出します。

最初の命令違反で彼の命を救った時、彼はブリーフィングをすっぽかして夕食抜きとなり、結局何も返して貰ってませんでした。

「サルサの奴はなぁ。何としてでも、今度は俺がトウリちゃんを守って見せる。そして、『借りは返したぜ』って言ってやるんだ、って息巻いてた」

「……それで、あんなに危険な真似を」

ああ、サルサ君がそんな事を考えていたなんて気づきませんでした。

思い返せば彼は、自分の肉盾になる命令を受けた時、妙に張り切っていたような気がします。

まさか彼は、自分を庇おうと張り切り過ぎた結果、

「まさに有言実行だ。俺は、この若造サルサに敬意を表するぜ」

「そんな、理由で」

自らの命を落としてしまった、というのでしょうか。

「……さあ、黙禱するぞ」

やがて、牧師のような兵士が呪文を呟き、穴全体を火が包み込みました。

脂肪の焼ける湿っぽい臭みが、周囲に蔓延《まんえん》します。

しかし、その場を離れようとする兵士は一人もいませんでした。

死体は、感染微生物の温床となります。

そのまま埋めるよりかは、可能な限り焼いてやるのが好ましいとされています。

しかし、燃料は貴重なので死体に振りまくことはできません。

人体の脂分と、その衣類のみを燃料に、死体はゆっくりと燃えていくことになります。

「────」

サルサ君は、静かに火に包まれて行きました。

皮膚が溶け堕《お》ち、黒い何かを垂らしながら、蠟燭《ろうそく》のような静かな炎に焼かれました。

火に包まれるサルサ君は、決して安らかには見えません。

熱で口が開き、手が折れ曲がり、背を丸め断末魔の形相を呈しています。

「……」

「そうだ、それで良いトウリ」

そうなってしまうと、もう駄目でした。

どれだけ堪えても、涙が溢れてきて止まりません。

「溜め込むな。新兵のくせにいきがって、大人の振りをするんじゃない」

「……」

「きちんと発散した方が、切り替えが早くなる。……だから、それで正解だ」

それ以上、自分は燃えていくサルサ君を見ていることができませんでした。

心が弱い。自分が、こんなにも打たれ弱い人間だったとは思いませんでした。

「──────っ！」

両膝をついて、手で顔を覆い、声にならぬ声を嚙《か》み殺しました。

ボロボロと、落ちる涙はとめどなく。

零れた雫は、揺れる炎を映します。

「勇敢だった、戦友たちに黙禱を」

そして自分は情けなく、声を上げて泣いたのでした。


【四月十六日】

サルサ君が亡くなってから四日間、自分は前線に戻らず衛生部で仕事をしていました。

あれから毎日のように攻勢を仕掛けられたので、野戦病院が修羅場になっていたのです。

自分のような新米一人でも遊ばせておく余裕はなく、ゲール衛生部長が小隊長に掛け合ってくれたようです。

不眠不休で働かされましたが、命の危険がないだけマシと感じました。

「あぁ〜、効くぅ」

「この一杯の為に生きてるぜぇ」

衛生兵の先輩方は時おり、ポケットから蒼《あお》い色の薬瓶を取り出して飲んでいました。

その薬は何なのかと尋ねてみたところ、魔力ポーションだと教えていただきました。

そう。この世界にはファンタジーらしく、『魔力を回復する秘薬』が存在していたのです。

しかもこの薬を飲めば疲れを知らず、どれだけ徹夜しても元気に働き続けられるのだとか。

……自分もその秘薬をいただいてみましたが、確かに目が覚めて頭の回転も速くなる不思議なお薬でした。

先輩衛生兵はその秘薬を何本も飲んで、濁った眼《め》でエヘエヘ笑いながら仕事をしていました。

この秘薬は効果は強力な反面、身体に悪く中毒性が強いので一日に一本までしか飲んではいけないそうです。

そう自分に教えてくれたゲールさんの机の上には、その秘薬の瓶が五本転がっていました。

……前世基準で法律に引っかかりそうなお薬なので、成分は聞かない事にしました。

「トウリちゃん。……悪いけど今日は、ガーバックが戻ってこいって」

「了解しました」

そんな激務の日々を送っていた自分でしたが、久しぶりに前線のガーバック小隊長からお呼びがかかりました。

まだまだ忙しいのに自分が呼び戻されると言うことは、本日は攻勢なのでしょうか。

この四日間はまったく眠れておらず、コンディションは悪いですが……。命令なら仕方ありません。

「ごめんね、私に権力が無いばっかりに」

「いえ、その。自分は与えられた仕事に不満などございません」

時刻は午前四時、まだ空は暗く兵士たちが寝息を立てている時間。

自分はゲール衛生部長に敬礼して別れた後、ガーバック小隊長のテントまで走りました。

本来の集合時間である五時までに間に合わなければ、折檻を受ける羽目になるので必死でした。

「トウリ二等衛生兵、到着いたしました」

「ふん、来たなボンクラ。気楽な後方勤務は楽しかったか？　気合いを入れ直せよ」

「はい、小隊長殿」

何とか時間通り集合場所に到着したら、小隊長殿はいつも通り塹壕壁にもたれていました。

小隊メンバーも集合を終えており、傷も癒えて普段通りのアレン先輩の姿もありました。

「指令を言い渡す。歩兵どもは穴掘り、トウリは俺がしごいてやるからついてこい」

「はい、小隊長殿」

今日は攻勢だろうと身構えていたのですが、小隊長は歩兵に穴掘りを命じてしまいました。

周囲の他部隊を見渡しても、出撃前のピリピリした空気を感じません。

『しごいてやる』との仰せですし、前の【盾《シールド》】の魔法の講義の続きとかでしょうか。

或《ある》いはまた何かを怒られて、折檻が待っているのかもしれません。

恐ろしくて仕方ありませんが、逆らわずに命令に従うとしましょう。

「ふん。それとトウリ、お前はまだ補充組と顔合わせしてなかっただろう。挨拶しておけ」

「了解しました」

ガーバック小隊長殿にそう促され小隊のメンバーを見渡してみると、見たことの無い人が見受けられました。

自分がいない間に、小隊メンバーの補充が行われたようです。

「自分は、トウリ・ノエル二等衛生兵です。つい二週間ほど前に着任したばかりの新兵です。どうぞ先輩方のご指導のほど、よろしくお願いいたします」

見た感じ、新顔は三人でした。

しかもかなり若い……、全員サルサ君と同い年か、下手したら年下くらいではないでしょうか。

「……ナリドメ二等歩兵です」

「俺は、ロドリー二等歩兵だ。……聞いた通り、貧相なヤツだな」

新顔のうち、二人は二等歩兵でした。サルサ君と同じ奴ですね。

もしかしたら自分と同じタイミングで前線送りになった同期かもしれません。

「……」

「あ？　何見てんだチビ」

ナリドメと名乗った方はすぐに目線を逸らし、ロドリーと名乗った方は忌々しそうに自分を睨みました。

それぞれ無口で不愛想な人と、口の悪い人という印象です。

「私は、ヴェルディ伍長《ごちょう》と言います。本小隊で、ガーバック軍曹の次位の指揮権を拝命いたしました。兵科は偵察兵、それなりに知識は持っているつもりなので分からない事があれば気軽に訊いてください」

そして最後に自己紹介してくださったヴェルディ伍長は、何と言うかまともそうな人でした。

恐らくは、士官学校卒でしょうか？　若そうな見た目の割に、階級が高いように思います。

伍長と言えば、軍曹の一つ下の階級です。ガーバック小隊長殿以外に、彼より階級が上の人はいません。

ヴェルディ伍長には、忘れず敬語を使うようにしましょう。

「終わったか。じゃあ、トウリはこっちにこい」

「はい、小隊長殿」

そして、彼らは他人です。なるべく仲良くならないように気を付けましょう。変に親愛の情を持ってしまうと、亡くなった際にサルサ君の時のように傷ついてしまいます。

今度こそ心の距離を取り、誰が死のうが我関せずと言える精神を養いましょう。

「あと十周、しっかり掛け声出せ！」

自分が小隊長殿から課されたのは、ランニングでした。

それも、戦場と同じ装備を背負ったままでの長距離走です。

「いち、に。いち、に」

「声が小さい、喘《あえ》いで誘ってるのかこの淫乱!!」

「いち、に！　いち、に!!」

「そうだ、声を張り上げろ！」

何でしょうか、コレは。もしかしなくても、歩兵用の訓練ではありませんか。

無論自分は、こうした基礎鍛練の重要性は理解しているつもりです。

この努力が、自分の生存率に大きく関わる事も分かっています。

しかし自分は、衛生兵です。こうして自分がトレーニングしている今も、後方では必死で治療に当たっている先輩方がいるのです。

……正直なところ、その手伝いを放り出してのランニングは罪悪感しか感じません。

「十周終わりました！」

「ようし、そのまま防御訓練だ。【盾《シールド》】呪文の行使、二回まで許可する」

「はい、小隊長殿！」

ノルマを終えると間髪入れず、ガーバック軍曹は大量の石を投擲してきました。

即座に自分は、教わった通りの掌を外側に構えました。

せっかく鍛えて貰っている以上は、少しでも成長せねばなりません。

「【盾《シールド》】」

自分は先日習った通りに、くの字の盾を形成することに成功しました。

盾に弾かれて小隊長殿の投石は直撃することなく、自分の身体の端を掠《かす》めるに留まりました。

「展開速度は良いが、角度が甘い！　盾は直角になるように形成しろ」

「はい、小隊長殿‼」

小隊長殿はダメだししながら、ポンポンと石を放ってきます。

言われた通り、なるべく直角になるように角度を調整しながら盾を形成してみます。

次の投石は、一つも自分に掠りませんでした。

「ようし、再びランニングだ！　まだまだへばるな、これからが本番だ」

「はい、小隊長殿」

「走っている最中に、不意打ちで投石する。その場合、【盾《シールド》】を使って防御しろ。ランニング中も周囲の警戒を怠るな！」

「はい、小隊長殿！」

ただ、鍛えていただいている身で言うのは少し抵抗があるのですが。

こういう訓練は、前線に送る前にしていただければ……。

「貴様の体力が無さ過ぎて、部隊の進軍速度が落ちてしまっているのだ。お前はのろまな芋虫だ」

「はい、申し訳、あり、ません」

「衛生兵として業務に携わる日も、今の訓練のうちランニングノルマは最低こなせ。余裕があれば周囲の連中に頼んで、石を投げて貰え。休憩時間に鍛えるならば、文句は言われまい」

徹夜明けでの訓練は、まだ未熟な身体にとって凄く過酷でした。

最後には立っていることすらできず、体中の筋肉が悲鳴を上げて痙攣していました。

放っておくと明日は筋肉痛で動けなくなるでしょう。この後、身体をほぐさないと。

「ようし、明日から衛生兵業務に戻ってよし。サボるなよ」

「はい、ありがとう、ございました」

「数週間もすれば、芋虫から蟻《あり》んこくらいには成長しているだろう。していなければ殺す」

訓練中の、彼の話の節々から察するに。小隊長は、自分の足が遅いせいで進軍を止める羽目になっていたのが気に食わなかったようです。

自分は二週間前まで、孤児院で遊んで生きてきた十五歳の小娘。そりゃあ、体力なんて貧弱なものです。

なので小隊長殿は何とか自分に体力を付けさせたかったようですが、ゲールさんから衛生部での勤務を命じられるのでなかなか機会がありませんでした。

困ったガーバック小隊長殿は『だったら衛生兵業務中に鍛えればいい』という結論に至り、自分に自己鍛錬メニューを課したようです。

「……また呼び出して、訓練の成果を確認するからな。サボったりしてみろ、顔の形が変わるまで殴ってやる」

どうやら自分は、忙しい衛生兵業務の休憩時間に休むことができなくなってしまったようです。

前線に勤務する以上は、基礎体力は必要だとは理解しています。ですが自分の身体、保ちますかね。

「あ、なんだチビ。死んだ魚のような目をしやがって」

「……どう、も。えっと、ロドリー……二等兵殿」

「走っただけでへばってんのか。情けねぇ」

ガーバック小隊長との訓練を終えた後の自分は、まさに疲労困憊でした。

これ以上に、今の自分の状態を的確に表現する言葉はないでしょう。

ここまで体力も気力も使い果たしたのは、前世を含めても初めてかもしれません。

「お先、に、失礼します」

「けっ」

しかし自分はこの後、久しぶりに十分な睡眠時間をいただくことになります。

何故ならガーバック小隊長殿は、明朝五時から野戦病院で勤務せよと自分に命じました。

つまりこの夜だけは、自分はぐっすり寝てよいのです。

今も働いている衛生兵の先輩には申し訳ありませんが、今夜だけは休ませてください。

さもなくば、本当に死んでしまいます。

「トウリちゃん、お疲れー」

「お疲れ、様です、グレー先輩」

「疲れ果ててるねぇ。ガーバック軍曹、やっぱ扱きはキツいのな」

ロドリー二等兵の近くにいたグレー先輩は、自分に同情的な視線を送っていました。

ええ、徹夜明けの体力訓練はさすがに堪えました。もう指一本動かせません。

「少し早いですが、その、休養をいただきます」

「ほいほい、早めに寝な。新兵も一人、もう休んでるし」

ふと塹壕の方を見ると、既に無口な方の二等兵が横になっていました。

確か、ナリドメと名乗っていた方です。

「……何で、こんな……。……俺は、……」

彼は塹壕壁に向かって丸まって、ずっとブツブツ何かを呟いていました。

自分が挨拶しようとしても、完ぺきに無視されました。

「……あの、ナリドメ、さんは？」

「ああ、怖い思いをした新兵はああなる事が多いのよ。放っておけ」

自分の言いたいことを察してくれたのか、グレー先輩は乾いた笑いを浮かべ教えてくれました。

この間、野戦病院で我を失い大暴れした患者さんと雰囲気が似てますね。

ちょっと怖いので、彼とは距離をとって眠りましょう。

「では失礼します、グレー先輩」

「ああ、おやすみトウリちゃん」

「……」

自分は彼と反対の端の、塹壕の小さな溝に身体を預けると。

そのまま、文字通り泥のように眠ったのでした。


「……」

――そこには懐かしい光景が、広がっていました。

それは孤児院の隣の空き地で、幼馴染みたちと追いかけっこをしている景色です。

楽しく遊んでいる人の輪の中には、バーニーの姿も見えました。

これは、ほんの半月前までの自分の日常でした。

孤児仲間と笑いあい、安全な広場で遊んでいたのが『当たり前』だったのです。

しかしそれは、前線の兵士が命がけで敵兵を食い止めてくれていたおかげで享受できた

『平和』でした。

　自分はこの場所に帰りたいです。

　戦争なんかから逃げ出して、何もかも投げ捨てて、あの孤児院に戻りたい。

　そして院長先生の作った暖かいスープを飲んで、フカフカのベッドで眠りたいです。

『そりゃ駄目ッスよ、トウリ』

　しかし次に、サルサ君の死に顔が脳裏を過りました。

　苦しそうに身体を曲げながら、炎に包まれて黒く焦げていくサルサ君の姿がフラッシュバックして、彼の声が響いてきました。

　その半分に欠けた顔を見るだけで、胸が圧迫され動悸《どうき》が早くなります。

　彼は命懸けで自分を庇って、救ってくれました。

　しかし自分の不完全な【盾《シールド》】魔法のせいで、命を落としてしまいました。

　サルサ君が死んだのは自分のせいです。だから、置いていっちゃいけないのです。

　彼をこんな寂しい場所に寝かせたまま、自分だけ帰るわけにはいきません。

　自分はサルサ君の分まで、頑張らないといけないのです。

『一人だけ楽になろうなんてズルいッス』

「────っ」

　だから、サルサ君。せめて夢の中で。

　この僅かな休養の間だけ、楽しくて暖かかった孤児院の夢を見る事くらいは、許してください。

目が覚めたら、また明日の朝からは、きっと必死に戦いますから。

だから、怒らないでください。そんな、胸ぐらを掴むなんて怖いことはしないでください。


お願いですから、どうか――――


「……はっ！」

「っ⁉」

自分はそのあまりの違和感に、覚醒しました。

あの優しかったサルサ君が、自分の胸ぐらを掴みあげて怒るなんてあり得ません。

だって彼はとても紳士的で、穏やかな人でした。

「へ？　え……？」

「ちっ」

つまり自分は、現実で何者かに胸ぐらを掴まれているという事になります。

それに気づいて目を開くと、前に血走った目の男の顔がありました。

「何、を――むぐっ！」

「うるさい、黙れ」

彼は自分が目覚めたと気付くや、すぐに自分の口を塞いで首を締めました。

「抵抗したら殺す。黙ってろ」

……暗闇で、いまいち顔がよく見えませんが。

察するに小隊の誰かが、自分の寝込みを襲ってきたようです。

男の手は既に軍服の下に滑り込んでおり、自分の素肌を犯していました。

「……」

迂闊でした。まさか、ここまでされるまで目覚められなかったなんて。

普段なら触られた時点で覚醒するのですが、今日は少々眠りが深かったようです。

このままおとなしく……、抵抗しなかったら姦通《かんつう》の軍規違反に問われますね。

というかそれ以前に、強姦の証拠隠滅で殺される可能性もあります。

「……あ痛ぇ!?　え、え、何!?」

「なっ……」

なので自分はそのまま足を開き、のしかかってきた男ではなく、隣で寝ていた誰かを蹴飛ばしました。

下手に叫んだら殺される可能性があったので、できるだけ騒がず助けを求める必要があったのです。

なのでこっそり自由に動かせる足を振って、隣の人に起きて貰いました。

「えっと……トウリちゃん？　いや、待て、何してる！」

隣で寝ていたのは、声的にグレー先輩みたいです。

何度かゲシゲシ蹴ってみたら、グレー先輩は異変に気付いてくださいました。

「おい、お前だ！　どこの誰だ、所属を言え！」

「……なんだよ、もう良いよ、ちっ……」

グレー先輩に銃口を向けられ、その誰かは不満げに自分の喉を離しました。

やがて周囲のメンバーも目を覚まし、ライトがその誰かに向けられます。

「────ナリドメ、お前！」

そこで照らし出されたのは。

寝る前にブツブツと何かを呟いていた、危ない雰囲気の新兵────ナリドメ二等兵でした。

「動くなナリドメ。トウリちゃんは、こっちへ」

「ありがとうございます」

グレー先輩に銃口を突き付けられた新兵、ナリドメ二等兵は舌打ちをしながら両手を上げました。

自分はそのまま地面を這って、猥褻《わいせつ》男の下から脱出しました。

……起き上がってみれば、自分の衣類がかなり乱れていることに気づきました。

シャツは首筋まで引き上げられていますし、ズボンと下着もずらされています。

どれだけ寝入ってたんでしょうか、自分は。

「何をしていたか説明しろ、ナリドメ二等兵」

「……いつもこうだ、もう。……最期くらい、美味《おい》しい思いしても、良いじゃないか……」

「おい、ちゃんと答えろ！」

自分はずらされた衣服を直しながら、グレー先輩の後ろに移動しました。

まさか自分がそういう目で見られるとは……。油断していました。

「落ち着いてくださいグレー一等兵。夜間ですよ、他の部隊の迷惑になります」

「あ、ヴェルディ伍長殿」

「とりあえず一旦、この場は上官である私が預かりましょう。グレー一等兵は、トウリさんを保護してあげてください」

「……了解です」

激高しそうになったグレー先輩をいさめるように、新顔のまともそうな伍長さんが出てきて場を仕切りました。

グレー先輩はナリドメ二等歩兵を睨んだ後、自分を庇うように手を開いて一歩下がりました。

「では、あらためて問います。ナリドメ君、今君は何をしていたのかな」

「……別に」

前線で女性兵士に手を出すのは厳罰です。強姦であった場合は死罪もあり得ます。

このナリドメ二等兵が自分に行った行為は、銃殺されてもおかしくない重犯罪でした。

「ナリドメ君。それ以上黙秘を続けるなら、拘束しなければなりません」

「あー……。はいはい、やりました……。ムラっと来たので……その娘の身体を触りました……」

「それが軍規に抵触することは理解していますね」

「……最後までヤらなきゃ良いんでしょ……。伍長だって、休日には女買いに行ってましたよね……」

「買春は軍規には触れません。今私は、君の女性兵士に対する猥褻行為に対し質問しています」

「ちっ……、触っただけでしょうが……」

ナリドメ二等兵……自分を襲った男は、悪びれもせずヴェルディ伍長の詰問《きつもん》に答えています。

しかし、何故か彼の目に焦りの感情は全くありませんでした。

「ああ、そうだ。俺、誘われたんですよその娘に……」

「は？」

「さっきのは合意の上です、ハイ。だったら無罪、そうでしょ？　えっと……誰だっけ、衛生兵ちゃん」

ナリドメ氏の瞳に浮かんでいたのは、諦感でした。

彼は戦場での恐怖に負けて、生き延びることを諦め、地獄への行きがけの駄賃に自分を襲ったのです。

「衛生兵ちゃん、昨日の夕方に俺を誘ったよねぇ？　一緒にエロいことしようってさぁ」

「そのような事実は存在しません」

「いやいや誘ったって。あーつまり君は、僕を嵌《は》めた訳だ。僕をその気にさせて襲わせて、いざとなったら白を切る。最低な奴だね」

「ナリドメ二等兵。俺は彼女が、訓練から帰還しすぐ就寝したのを確認している。虚偽の報告は、処刑だぞ」

「ちっ……」

言い逃れをするナリドメの顔は、正気ではありませんでした。

姦通を拒否した自分にこれ以上ないほど悪意を振りまいて、下卑た笑みを浮かべていました。

間違っても、犯罪の現場を押さえられ弁明をしている人間の態度ではありません。

「と、グレー一等兵は証言していますが。ナリドメ君、君は上官に対して虚偽の報告を行いましたか？」

「……昨日まで散々、安全な後方でゆっくり遊んでたくせに。……頑張ってる俺らにちょっと触られただけで被害者面かよ」

「弁明はナシですか。でしたら拘束させていただいて、明朝の小隊長殿の沙汰を待ちましょう」

「あーあ、殺される。君のせいで殺される」

ヴェルディ伍長に手足を拘束されようとしている彼は、抵抗せず、ただ自分に対して恨みがましい目を向けてきました。

……そんな目で見られる謂《いわ》れは、ないと思うのですが。

「君が口裏を合わせてくれれば、死ななかったのになぁ。あぁ、最悪……。ねぇ、衛生兵なのに人を殺すって、どんな気分？」

「耳を貸すな、トウリちゃん。コイツまともじゃない」

「そもそも、女のくせに前線に出て来といて、悪戯すんなっておかしいでしょ……。むしろ、女を前線に置く意味とか、慰安以外ねーだろ……」

彼は自分に対し、当てつけのように恨み節をぶつけてきました。

しかし彼の言い訳に口裏を合わせたら、自分が男を誘った罪で処罰されるので罪悪感は湧きませんね。

「この人殺し……、お前が俺の意図を汲《く》んでたら、こんな事にはならなかったんだからな……」

「おいナリドメ、貴様！　それ以上喋ればこの場で銃殺するぞ！」

「あれ――？　上官に確認もせず処刑ですか……アレン分隊長ォ？　それ、軍規違反ですよぉ……？」

「トウリちゃん、気にするな。……大丈夫、君は何も悪くないからね」

「はい、ありがとうございますグレー先輩」

グレー先輩やアレンさんは、かなり過敏に自分を庇ってくださいました。

恐らく、自分が深く傷ついているだろうと慮ってくれたのだと思います。

しかしこの時の自分は、びっくりするほど無感情でした。

以前ゲール衛生部長から『前線は女性兵士に対するセクハラが多い』と聞かされていたので、覚悟はできていました。

前世は男性でしたので、触られた事も気持ち悪いですが理解できなくはないのです。

ナリドメという男に対しても憎いというより、哀れに感じました。

「……この人殺し」

「……」

彼からの呪詛《じゅそ》も、自業自得だろうとしか感じません。

ナリドメがどんな恨み節をぶつけようと、自分の心には何も響きませんでした。

「殺されたら恨むからな……！　悪霊《あくりょう》になって一生呪いつくしてやる、この人殺しぃ！」

「アホか、前線は人殺しが一番偉いんだよ」

「────っ！」

ヴェルディさんに拘束され銃口を突き付けられてなお、自分に罵詈雑言《ばりぞうごん》をぶつけてきた彼は。

何の前触れもなくいきなり暗闇から現れた巨漢に、顔面を摑み上げられ黙りました。

……あっ。

「この俺様の安眠を妨げやがった馬鹿はコイツだな？」

「し、小隊長殿……」

「ああ、何というか救いようがねぇ」

それは案の定というか、ガーバック軍曹でした。

自分の強姦騒ぎに気付いて目が覚めたのか、小隊長殿は物凄く機嫌が悪そうな声でのっそり塹壕へ降りて来ていたのです。

「お、おはようございます、小隊長殿」

「まだ深夜だろうが」

「その、えっと。では小隊長殿、現状の報告をさせていただこうかと」

「いらん、聞いてた」

グレー先輩が恐る恐る報告をしようとして、一喝《いっかつ》され黙り込みました。

ああ、ダメです。あれは人殺しの目です。無感情だった自分の心が、急速に冷え込むのを感じます。

ナリドメ二等兵に覆い被さられ凄まれた時の目より、今の寝起きのガーバック小隊長の目の方が百倍くらい怖いです。

「おいナリドメ」

「痛い、痛ぁ……、顔を、離して、くだ」

「すぐ遺言を言え。十秒後、首を刎ねる」

「ひぃっ⁉」

そして小隊長殿は、迷わず抜刀しました。

ああ、これは本気ですね。あの軍規に厳しいガーバック隊でこんな事をすれば、そりゃあ処刑されるでしょう。

「いやだ、ふざけるな、軍事裁判はどうした――――」

「それが遺言だな。貴様の家族に一言一句違《たが》えず伝えてやろう」

「チクショウ、この殺人鬼……っ‼」

ガーバック軍曹は片手で彼を掴み上げたまま、刀を真っすぐ首筋に向けて構えました。

もうすぐ、彼の首は切り落とされるでしょう。それに対して、何の同情の念も湧きません。

「貴様は『戦友に迷惑をかけ、国に何ら利益をもたらさず、ただ無意味に殺されに前線へ来ました』と死亡通知書に付箋《ふせん》をつけておいてやる」

「やめっ――――」

人が殺される場面なんて見たくないので、自分は静かに顔を背けました。

彼だって最初から悪人だったとは思えません。きっとこの場所で、人格を歪められたのだと思います。

もし彼との出会いが、こんな戦場ではなく普通の日常だったら。

はたしてどう、自分たちの関係は変わっていたでしょうか……。

「ま、待ってください、小隊長殿。今の戦況で、無駄に兵士の命を減らすのは勿体ないかと」

「あ?」

と、小隊メンバーの誰もが軍曹殿の行動を止めず見守っていたら。

正義感に駆られたのか、命知らずにも小隊長殿に食って掛かる人間がいました。

「ヴェルディ伍長、何か言ったか」

「ですから小隊長殿、彼を殺す必要はないのではないでしょうか。今回は未遂に終わったわけですし、彼も追い詰められていたことですし」

「知らん。軍規は軍規だ、この場合は処刑が妥当だ」

ヴェルディ伍長――――、この小隊に編入してきた新しい上官です。

「しかし軍規違反を企《くわだ》てようと、未遂に終わった場合は直属の上官の裁量で減刑できるはずです」

「何故減刑せねばならん」

「前線兵士の数が足りていないからです。彼をここで殺すより、教育し更生させる方が軍にとってより利益に」

「有害な味方は、敵より質《たち》が悪い」

……未遂と言いますが、おそらく結構な範囲を触られているんですけどね。自分の服装の乱れ方からして。

胸のあたりも、なんかベタベタしてますし。

「軍曹殿は、部下の命を軽視しすぎです。まだ初犯なのですから、しっかり指導をして」

「味方を害する行動をとる奴に、俺の背中を預ける気はない。背後から撃たれる可能性があるからな」

「男が一度、情欲に負けたくらいでなんですか。もしこのまま本気で彼の首を刎ねるのであれば――」

ヴェルディ伍長は語気荒く、ガーバックに食って掛かります。

正直、何でそんな度胸があるのかわからないです。

自分は、今の不機嫌ガーバック小隊長に睨まれるだけで背筋が凍りつくのですが。

「叔父上《おじ》に、仔細《しさい》を報告させていただきますから」

「……」

ヴェルディ伍長のその言葉に、小隊長殿は動きを止めました。

……叔父に報告する？

「レンヴェル閣下《かっか》は、現状の戦力不足を非常に憂《うれ》いておられます」

「それで？」

「小隊長殿の噂は、かねがね聞いております。良い噂も、悪い噂も」

その言葉はガーバックにとっては非常に重たかったようで、ピクリと動きを止めます。

そして摑んでいたナリドメの顔面を離すと、無表情にヴェルディ伍長へ向き直りました。

「もし悪い方のお噂……、あまりに部下の命を軽視した行動をとり続けていたのが真実であれば、相応に小隊長殿の評価を改めねばなりません」

「ふん、要は貴様、お目付け役だったか。くだらねぇ」

「軍規に照らして減刑できるはずの部下を、わざわざ処刑するのは命の軽視と言わざるを得ません。即刻、裁定を訂正してください」

ヴェルディ伍長の言葉は、部下という身分から明らかに逸脱していました。

ほぼ命令口調に近い言葉を、ガーバックにぶつけています。

「……そこまで言ったんだ。きちんとテメェが責任もって、指導するんだろうな」

「もちろんです」

「次、ソイツが何かやらかした時。指導責任としてお前にも同様の処罰を行う、良いなヴェルディ」

「……ええ」

その時の軍曹の声は、背筋が凍るほど冷たいものでした。

しかし、それ以上小隊長は言葉を発することなく自らのテントに戻りました。

「ふぅ、ではお説教と行きましょうか。ナリドメ君」

つまり彼は――――あのガーバック小隊長殿を、押しとどめることに成功したのでした。

【四月十七日　朝】

「私の叔父上はレンヴェルと言いまして、当戦線の指揮官をしているのですよ」

背筋も凍るような出来事《できごと》があった、次の日の朝。

自分たちはヴェルディ伍長の出自を聞いて、昨晩ガーバック小隊長が引き下がった理由を知りました。

「ガーバック軍曹殿の功績は素晴らしいですが、同時に部下を使い捨てるなど黒い噂が絶えませんでした」

「えー、あー、まぁ」

「しかし、それが真実がどうか報告ができる立場の兵士がいませんでした。なのでとある方に頼まれて、私が詳細を探りに来たのです」

ヴェルディ伍長は士官学校を卒業したばかりで、今月から前線に配属となった新兵だそうです。

編入時期だけで考えるなら、自分と同期になるみたいです。

「半年もすれば、私はガーバック小隊長殿の階級を上回りますからね。向こうも、強気には出れないでしょう」

彼は参謀将校になる過程として、前線勤務をこなしているだけです。

半年ほど前線勤務を経験した後は、昇進して指揮官として腕を振るうことになるのだとか。

「今後、軍曹殿の明らかにおかしい指示や処罰があれば自分にご相談ください。場合によっては、相応の処罰を下せるでしょう」

「……そりゃあ有難いですが」

「ナリドメ君は、暫《しばら》く私についてきてください。今日はしっかり、指導をさせていただきますので」

そう言ってドヤ顔をしているヴェルディ伍長を、先輩方は何とも言えない顔で眺めていました。

正直、自分も同じ気持ちです。

あの恐ろしいガーバック軍曹を、目の前の頼りない青年が御せるかと訊かれたら……。

絶対に、無理ではないでしょうか。

「あー伍長？　まぁ、その、程々《ほどほど》にしときましょうな」

「……？　何をでしょうか」

そもそも小隊長殿はあの場は引き下がっただけで、想像も絶するような恐ろしい報復が彼を襲う気がしてなりません。

ナリドメさんが同じことを繰り返したら、ヴェルディ伍長も同罪で一緒に銃殺とか平気でやりそうです。

「トウリ二等衛生兵も、どうか彼を許してあげてください。アレはいわば、男全員が抱えている共通の爆弾みたいなものです」

「……は、はあ」

「これから共に戦う仲間です、家族です。今後も彼を嫌って距離を取らず、しっかり付き合っていってあげてください」

ヴェルディ伍長は、そんな先輩方の視線に気づかないままニコニコ顔で自分にそう言い聞かせました。

仮にも強姦未遂事件の被害者にかける言葉なのでしょうか、それは。

……そもそもナリドメ二等兵に限らず、自分は誰とも親しくするつもりはないのですが。

「それでは、ブリーフィングに向かいましょう。遅刻はいけませんからね」

ヴェルディ伍長は、最初まともな人と思っていましたが。

この人も少し、個性的な面を持っていると感じました。

「……グレー先輩、昨日はその、蹴ってしまって申し訳ありませんでした。それと、助けていただいてありがとうございました」

「ん？　ああ良いって、それより怖かったろ？」

そして、その後。

「いえ、怖くありませんでした。先輩の声が聴こえて、とても心強かったです」

「お、本当に？　……む。これはもしかして、俺トウリちゃんに誘われて――――」

「連日となれば、さすがのヴェルディ伍長も庇えないと思いますのでご自愛ください」

「はぁい」

ちゃんとグレー先輩にお礼は、言っておきました。

小隊メンバーと仲良くするつもりはありませんが、礼節は大事です。


【四月十七日　昼】

ブリーフィングの後、自分は再び野戦病院に向かうようガーバック小隊長殿に命じられました。

朝の小隊長殿は非常に不機嫌で、射殺《うちころ》すような目でナリドメとヴェルディ伍長を睨んでいたのが印象的でした。

「南の方の戦線で、また大規模な攻勢があったのよ」

「……」

野戦病院に到着した自分を待ち構えていたのは、病床からあふれるほどの凄まじい患者数でした。

昨日はこの近辺で大きな戦闘はなかったはずなのですが……、聞けばどうやら南部からの搬送だそうです。

「早速で悪いけど、トウリちゃん。もう回診始まっちゃってるけど、D病床に向かってちょうだい」

「はい、分かりました」

百キロメートル近くに及ぶ当戦線は、北部軍、南部軍、中央軍に別れています。

そして衛生部も、それぞれの軍の後方に野戦病院を設置しています。

なので南部軍の負傷者は、本来であれば南の衛生部が治療を担当するはずなのですが……。

「ウチも余裕はないんだけど……、南部はもっとキツそうなのよね」

自分が所属している、中央医療本部は規模としては一番大きいです。

だから南部や北部で手に余るほどの負傷者が出た場合は、ここに搬送されてくるのです。

「最近、敵の攻勢が強まってる気がするわ。……トウリちゃん、くれぐれも気を付けてね」

「はい、ありがとうございます」

南部戦線で昨晩、大規模な攻勢が行われかなりの死者が出たそうです。

結果、我が軍は大きな損害を被《こうむ》って数十メートルほど戦線を後退させられたそうです。

「トウリちゃん、もう少しだけ頑張って生き延びてちょうだい」

「……？　ええ、努力いたします」

終わらない数多くの人間の命を賭け金《チップ》にした、陣取り合戦。

どうして軍人は、こんなにも人の命を軽視できるのでしょうか。

走ればたった二十歩ほどの距離を稼ぐため、千人を犠牲にするなど正気ではありません。

「では、失礼します。ゲール衛生部長」

「ええ、あと少しだから」

そんな事を考えながら、せめて目の前の患者を少しでも多く救おうと気合を入れたその時。

背後から呪詛のような、禍々《まがまが》しい声が聴こえてきました。

「もう少しで、あの悪魔の悪行が暴かれるんだから……」

「……え？」

その異ような言葉に思わず振り向きましたが、ゲールさんはニコニコした笑みを浮かべているだけでした。

自分はその有無を言わせぬ笑顔に圧されて、何も訊けず持ち場に向かうことになりました。


「……と、言うことがありまして」

野戦病院は、戦場であるわりに女性が多いです。

衛生兵は男女比が半々ですし、看護兵に至っては女性の方が多いくらいです。

「うーわ、最悪ね」

「ま、そうなるよね。前線の奴ら、私ら女を食い物としか見てないもん」

なので自分は、仕事の空き時間に女性衛生兵や看護兵の先輩方に相談を行いました。

内容は当然、部隊の男性からのセクハラにどう対処すればいいのかです。

「触られるだけならまだ我慢できますが、殺されるのは御免です。昨夜は、殺されかけました」

「正直、私は触られんのも無理。前線の奴ら、くっさいもん」

「あー気持ち悪」

「どうにか、ならないでしょうか」

女性の先輩方は自分の昨晩の話に、驚かれるより『ああ、あるよねー』と共感する感じでした。

恐らく、彼女たちも似たような経験をいっぱいしてきたのだと思われます。

「そうね、小隊の中に彼氏作るといいよ、彼氏。それも、なるべく地位のある彼氏」

「……彼氏、ですか」

「小隊長さんとか口説いてみたら？　上官の女に手を出すってなると、さすがに躊躇《ためら》うんじゃない」

「えーでも、突撃兵の恋人ってやだなぁ。すぐ死ぬじゃん」

「だからこそ、後腐れないいんじゃん」

「……」

……それは一理ありそうですが、彼氏を作るのには抵抗がありますね。

前世の性別的に、まだ男性をそういうふうに見ることはできません。

確かに、ガーバック小隊長を彼氏？にしたら、誰も襲ってこない気はします。

しかしあの暴力男が恋人とか、まったく想像がつきません。てか怖すぎて嫌です。

ヴェルディ伍長、は……。暴力とかは振るわなさそうですが、少しアレですし。

「そもそも彼氏作っても、ぶっ壊れた新兵は気にせず襲ってくるんじゃない？」

「そーね、やけくそで寝込み襲われたらどうしようもないもんね。上官に相談して遠ざけて貰ったら？」

「それかちょっと歩く羽目になるけど、トウリちゃんだけ寝る場所を野戦病院にしてもらうとか」

「それを小隊長殿が許してくださるか、ですね」

野戦病院での寝泊まりとか、絶対許してもらえないでしょうけど。

急な防衛戦の時など、野戦病院で寝てたら配置につくまでどれだけ時間かかるか分かりませんし。

「そもそも病院のベッドも絶対安全じゃないじゃん。私寝てたら、患者に襲われたことあるよ」

「……え」

「診察中のお触りとか日常茶飯事だよね。わざとらしく胸に手を当てて来るし、バレバレだっての」

「どうせ死にゆく人間だから見逃してあげてるけど……、いい気分じゃないよね」

どうやら先輩方は、もう兵士からのセクハラ行為に慣れ切っている様子です。

不思議なことに自分はまだ、そこまでの目に遭ったことはありませんけど。

「そりゃあねぇ。トウリちゃんの年だと、特殊な趣味の人しか手を出してこないでしょ」

「貴方はそりゃ可愛らしいけど、性欲は刺激しなそうな体格だもんね」

「娘とか、妹に欲しくなるタイプね。素直だし」

「は、はぁ」

……今までセクハラが少なかったのは、見た目が幸いしていたようです。

ただでさえ自分は十五歳と兵役最低年齢なうえ、昔から年齢より幼く見られました。

下手したら発育の良い小学生でも通じる自分には、さすがに兵士もセクハラをためらうのでしょう。

しかし数年たって身体が成長してしまったら、自分もセクハラを受けるのでしょうか。

「とりあえず、襲ってきたロリコン男には要注意よ。絶対に繰り返すわ、そういう奴は」

「当面は守ってくれそうな人の隣で寝るようにしなさい」

「分かりました」

守ってくれそうな人。

……自分の脳裏に少しチャラいグレー先輩か、ベテランで落ち着いているアレン先輩の顔が浮かびました。

今後はどちらかにお願いして、隣で寝させてもらうようにしましょう。

「ま、安心して。最悪貴女がご懐妊《かいにん》したら、軍規上は臨月までに後方に飛ばして貰えるわ」

「……」

「なので、どうしようもなくなれば無抵抗もアリね」

言われてみれば、妊娠した女性兵士は後方に転属でしたっけ。

この国の人口は減少中なので、妊婦は大事にされているのです。

「そういう方は以前いらっしゃったのですか？」

「いたわよ。ただ衛生業務の過労で流産して、ショックで自殺しちゃったけど」

「……」

まぁ、この過酷な勤務状況だと流産しちゃいますよね。

嫌な話を聞きました。

「てかトウリちゃん、故郷に彼氏とかいるの？」

「経験はある？」

「あ、いえ。自分はその」

「前線所属の人は、いつかマジで襲われる日が来るっぽいから。経験無いなら、良い人作って初めて捨てといた方が」

「衛生部の中なら、お勧めは主任かなー。実家、超金持ち！」

そしてあまり実のある情報を得られないまま、先輩方は恋話《コイバナ》に移行していきました。

ここは戦争の最前線、趣味品や嗜好品《しこう》などは殆ど供給されません。

だもんで衛生部女子の娯楽は、そういう方面しかない様子です。

「実は、お金も儲《もう》かる大人な世界もあるんだけど……。トウリちゃんにはちょーっと、早いかなぁ？」

「いや、アレに誘うのはやめときなさいよ。幾つだと思ってるの、この娘」

「……」

そして、グレー先輩の言っていた例の『衛生兵が売春している』という噂は本当っぽいことが分かりました。

この人、多分ヤっています。

「興味があれば、安全そうな人を紹介するわよ—」

相談する相手を間違えたっぽい。

自分は、心底そう思いました。

その日の夕方ごろでしょうか。

「速報です、前線で敵の攻勢がありました！　各員、警戒態勢に入ってください」

「……」

野戦病院に、警報が轟きました。

息もつかせぬ猛攻というべきか、今日も敵国は攻勢をかけてきた様子です。

「また⁉　もう病床なんて残ってないわよ⁉」

ゲール衛生部長が、悲鳴をあげていました。

幾らなんでも、ここ最近は攻勢が多すぎます。

もしかしたら敵は、痺《しび》れを切らして一気に押し寄せるつもりなのでしょうか。

「トウリ二等衛生兵！　ガーバック小隊長が部隊に帰還せよって」

「はい、了解しました」

防衛戦となったので、自分は前線からお呼びがかかりました。

前はゲールさんが交渉してくれていただけで、病院で働いてたら出撃しなくて良いとかは無いんですね。

「トウリちゃん、慌てず入念に装備を点検して出撃なさい。どうせ数時間は、砲撃だけだから」

「分かりました、ゲール衛生部長」

この時、既に遠くの前線から、爆音が響いていました。

ありがたいことなのか知りませんが、この砲撃が終わるまで時間の猶予はたっぷりあります。

野戦病院にいる自分が、前線に駆けつけるくらいの時間は余裕で。

「……」

敵の攻勢は、徐々に激しさを増してきました。

もしかしたら、敵も焦っているのかもしれません。

いつまでも終わらないこの戦争の、決着をつけるため無理をして攻めているのかも。

だとすれば。もうちょっとしたら『キリの良い場所まで戦線を動かして講和』なんて事も起こりえるのでしょうか。

一九三八年　夏　2

TSMedic's Battlefield Diary

「もう、夕方か」

気付けば私は、もう半日も掘り出した手記を読みふけっていた。

見上げれば空が夕焼けに染まっていて、戦場の黒土を赤く照らし出していた。

「読み耽《ふけ》ってしまった。……これは、まさに私の求めていたものだ」

私は、掘り出した手記の内容に酷《ひど》く興奮していた。

これは、東西戦争に動員された衛生兵の手記に間違いない。

この手記には、歴史書に記されぬ兵士のリアルが詰め込まれていた。

「凄《すご》い発見だぞ、これは……」

私は次に、この手記が書かれた年代が気になり始めた。

残念な事に日付しか書かれておらず、正確な年代はよくわからなかった。

しかし私は、手記の中の『敵の攻勢が激しくなった』という記述が気になった。

「この手記に記された連続攻勢とは、サバト軍の四月攻勢の事ではないか？」

手記の日付は四月だったし、その可能性は十分にあるだろう。

四月攻勢とは、サバト政府が主導して行った大規模な連続攻勢のことだ。

手記の著者は知る由もないだろうが、四月攻勢は深い理由などない『無意味な攻勢』だ。

この時期のサバトは、戦争の長期化に不満を持った民衆が反戦デモを繰り返していた。

そんな彼らに連続攻勢を行う事で優勢を示し、戦争の終結が近いことをアピールしようとしたのである。

戦術的な価値に乏しい、政治的な攻勢だった。

「もしそうなら、この手記が書かれた年は歴史の転換点となったあの年……」

その辺の歴史の裏話は、既に新聞や従軍記録などで知っていた。

政治家が優勢を演出しようとするためだけに、サバトは一万人以上の若者を犠牲にしたのだ。

戦後、この四月攻勢の叩《たた》かれ方は凄まじかった。兵士の遺族の怒りはなかなか収まらなかったそうだ。

「これは凄い発見だ」

この手記の持ち主には悪いが、最後まで読ませてもらおう。

これが四月攻勢であるならば、もうすぐ『彼女』の名前が出てくるかもしれないのだ。

それは悪い意味で誰より有名な、史上最低の愚将と揶揄《やゆ》された高慢で暗愚な少女将校。

この時代で最も愚かで哀れな軍人、シルフ・ノーヴァ。

彼女が世に出た時の衝撃を、兵士の目線で追体験してみたい。

「……だが、読み続けるにはさすがに暗くなってきた」

私は次のページを捲《めく》ろうとして、ふと日が落ちていることに気がついた。

そろそろ、字を読むには辛い暗さになっていた。

夢中になって手記を読み進めるあまり、帰る予定の時刻を過ぎていたらしい。

興奮すると周りが見えなくなるのは、私の悪い癖だ。

「そろそろホテルに帰るか」

手記の続きがとても気になるが、これ以上戦場跡に残ったら色々と危ない。

私は名残《なごり》を惜しみながらも手記を閉じて、どんどん暗くなっている帰り道を歩いた。

「聞いてくれ。私は今日、凄いものを掘り出したんだ」

その晩。

私はディナーの席で、得意げに今日掘り出したその手記を、同じ宿に泊まっていたオースティン人に自慢して回った。

「東西戦争に従軍した兵士の手記だ。歴史的資料になるかもしれない遺品だ」

「そんなもんが歴史的資料になるなら、うちの爺《じい》ちゃんの日記は博物館に飾られるだろうさ」

しかし、この手記の価値を理解してくれる人はいなかった。

多くの戦争を経験したオースティンでは、従軍者の手記など珍しくもないらしい。

「それよりちゃんと、その遺留品を役所に届け出なさいよ。その兵士の親族が、ずっと探し求めている遺品かもしれないんだから」

「分かってるさ。だけど、届ける前に中身を確認したって罰は当たらないだろう？　私は従軍した兵士のリアルを感じたくて、この町に旅行に来たんだ」

「やれやれ、歴史マニアの考えることはよくわからんね」

宿にいたオースティン人たちの反応の薄さにガッカリし、私は部屋に戻った。

この手記の素晴らしさを理解できるのは、このホテルで私だけらしい。

私は蠟燭《ろうそく》に火をともし、十分な灯《あかり》を確保してその手記を再び開いた。

西部戦線　2

TSMedic's Battlefield Diary

【四月十七日　夕】

ガーバック小隊が配置された場所は、最も激しい攻勢が予想される場所……敵の砲撃の真正面でした。

僅か数十メートル先で銃声が鳴り響く中、自分は土煙が昇る塹壕《ざんごう》の中を這《は》うように走りました。

「トウリ・ノエル二等衛生兵、到着いたしました」

「遅《おせ》ぇわ殺すぞ」

「申し訳ありません」

自分が到着した時には、小隊メンバーは戦闘準備を整えていました。

さすがはエース部隊だけあって、行動が迅速です。

新兵二人組の顔に大きな痣《あざ》があるのは、少し気になりますが。

「トウリ。貴様は俺が負傷したら、すぐ治療しろ。それ以外は、穴の中で震えてろ」

「了解しました」

自分の運用は、前と同じようにガーバック小隊長の救急箱みたいです。

もし小隊長が飛び出すことになれば、塹壕から顔を出さないといけません。

銃弾とか手榴弾《しゅりゅうだん》が飛んでこなければ良いのですが。

……あ、そういえば。

「小隊長殿、報告があります」

「何だ」

「自分は先ほどまで病院勤務中でしたので、魔力を消耗しています。残量的に回復魔法は一度が限度です」

「……チッ、分かった」

前回の反省を生かし、逐一ホウレンソウです。

こういう細かいことも、きちんと報告するようにしときましょう。

もう、怒鳴られて折檻《せっかん》されるのは勘弁です。

「次から余力を残しとけ」

「……はい、努力いたします小隊長殿」

一応返事をしてみましたが、無理なんだろうなと思います。

病院勤務中は、回復魔法をひたすら使わされるので魔力に余裕は全くありません。

実は今も魔力切れてるんですが、敵の攻勢開始までに何とか一回分使えるようになる感じです。

「それと自分の魔力量が成長したようで、魔力全快時には回復魔法を連続三回まで使用可能となりました」

「あっそ」

そして先日、病床主任に言われて気づいたのですが回復魔法の使用回数が増えてました。

これも一応報告です。

……連続使用三回、って全然威張れる数字じゃないんですけどね。一般的な平均衛生兵が五～六回なので。

新米にしては高めなので見込みあるぞ、と主任は誉《ほ》めてくれましたが。

「報告はもう終わりか？　なら配置につけ」

「了解です」

ま、これで報告漏れは無いでしょう。無いですよね？

後は小隊長殿のご指示通り、彼が負傷するまでプルプル塹壕の中で震えておくとしましょう。


「敵、前進してきます」

「よし、総員構え」

自分が着陣してからも一時間ほど砲撃が続き、やがて敵の攻勢が始まりました。

味方の奮闘もむなしく、一層目、二層目の塹壕は突破されてしまいました。

本日の準備砲撃はかなり長かったので、味方の防衛部隊は殆《ほとん》ど生き残っていなかったみたいです。

敵は殆ど損耗が無いまま、我々の守る三層目の塹壕へ突撃して来ました。

「撃て撃てぇ！　この俺の小隊が守る塹壕に攻めてきたこと、後悔させてやれ！」

「了解でぇす！　小隊長殿！」

「死ねぇぇぇ!!　サバトの悪鬼ども!!」

しかし三層目からは、オースティンの抵抗も激しくなっていきます。

三層目の塹壕は砲撃の射程外なので、我々のような無傷の防衛部隊が立て籠《こ》もっているのです。

濃密な銃弾の嵐の前に、サバト兵は次々地面に倒れていきました。

「ひゃーっははは ぁ‼　皆殺しだぁ！」

「新兵！　敵の発砲音が聞こえねぇから叫ぶな！」

「痛ェ‼」

敵が死ぬ様子を見て口の悪い方の新兵《ロドリー》が興奮して叫びましたが、すぐ小隊長に殴られました。アホですね。

それにしても、どうして損害が増えるのに敵は三層目まで突撃してくるのでしょうか。

塹壕を二層確保した時点で満足して、攻撃をやめた方が効率が良いと思うのですが。

「サバトは良いねぇ、こんなに兵士を使い捨てにできてよぉ」

「畑で人間が収穫できるって噂《うわさ》は本当かもなァ」

戦闘開始から数十分は、ずっと銃撃音が鳴り響くだけでした。

かなりの数のサバト兵を撃ち殺したはずなのに、敵の攻勢がやむ気配はありません。

痙攣《けいれん》する仲間の死体を踏み越えて多くの犠牲を出しながら、敵は我々の守る塹壕に突っ込んできました。

「小隊長！　右方向の塹壕が制圧されそうです！」

「ちっ、マリューとグレーは塹壕右側を警戒しろ！」

そしてとうとう、サバト兵に右隣の塹壕へ侵入されてしまいました。

塹壕戦で隣接拠点を制圧されるのは、非常にまずい状況と言えます。

塹壕を伝って、横から敵に攻撃される可能性があるからです。

「雷槍鬼《カミキリ》は……いねぇか」

グレー先輩たちが塹壕壁に張り付いて警戒する傍《かたわ》ら、ガーバック小隊長は戦場を見渡してつまらなさそうにそう呟《つぶや》きました。

どうして残念そうなのでしょうか。

「隣接拠点は現在交戦中の様子、まだこちらに来る気配ありません」

「警戒を続けろ」

小隊長はチラチラと右拠点を確認しながら、銃で何人も向かってくる敵を百発百中で撃ち抜いてました。

凄《すご》いエイム力です。ガーバック小隊長殿は剣だけでなく、銃の扱いも超一流みたいです。

「小隊長殿。そう言えば今日は、普通に銃を使われていますね」

「あぁん？　当たり前だろ、アホか」

「いえ、その。小隊長殿は、剣を扱われるイメージがありましたので」

ガーバック小隊長殿が銃を構える姿を見るのは、何となく新鮮でした。

というか、初めて見たかもしれません。

「塹壕側の有利を一番生かせるのは、銃撃戦だろうが。突撃の時は、銃弾を弾《はじ》くために剣を抜いてるんだ」

「ありがとうございます、小隊長殿。では何故《なぜ》、前に敵エースと交戦する際に剣を抜かれたのですか？」

「雷槍鬼《カミキリ》が相手だったからだ。基本、エース級に銃弾は効かん」

エースに銃弾は効かない。言われてみれば、確かにそうでした。

ガーバック小隊長は、銃弾の雨の中を突っ込んでいって傷一つ負っていません。

「剣技や装備、【盾《シールド》】などを駆使すれば銃弾なんぞ防げるんだ。この戦場で長生きしてるエース級は、何かしら銃撃に対する『答え』を持ってる」

「……なるほど」

「銃弾をある程度対処できるようになるだけで、この地獄で悠々自適な贅沢暮《ぜいたくぐ》らしができる立場になる。貴様らも精進しろ」

ガーバック小隊長殿は手慣れた様子で銃弾装填《リロード》を行いながら、自慢げにそう仰《おっしゃ》いました。

精進しろと言われても、そう簡単に銃弾への対処ができるなら戦争で人は死にません。

そもそも、サラっと言ってましたけど『銃弾を剣で弾く』事ができる時点で相当おかしいです。

十年近く戦っているアレン先輩でも、小隊長以外に銃弾を弾ける人を見た事がないと言ってました。

「小隊長殿！　恐らく右拠点が制圧されました！」

「攻めてきたら応戦しろ！　勝てそうになければ泣きつけ！」

小隊長殿に呆《あき》れつつ塹壕壁に座り込んでいると、グレー先輩の慌てた声が聞こえてきました。

どうやら、とうとう隣接拠点が敵の手に落ちてしまったようです。

これからは右も警戒しないといけないですが、小隊長の顔に焦りはありません。

こういう場合の備えとして、塹壕には様々な工夫が凝らされているからです。

「トウリ、テメーは死角に隠れてろ！」

「はい、小隊長殿！」

まず、塹壕内には拠点ごとに区切るように一メートルほどの土嚢《どのう》が積み上げられています。

更に塹壕はS字に蛇行して掘られていて、隣の拠点から直接見えないようになっています。

塹壕伝《つた》いに敵から攻められた場合、蛇行しているお陰で防御側は土嚢に隠れたまま敵を『角待《かど》ち』できるのです。

塹壕は、よく考えられて作られています。

「手榴弾、投擲《とうてき》します！」

「許可する！」

右拠点が確保されてからしばらく経《た》ちましたが、敵は姿を見せませんでした。

敵部隊は反対側の拠点へ向かったか、塹壕の確保を優先している様子です。

それを確認し、グレー先輩は手榴弾のピンを抜き右拠点に投げ込みました。

「[redacted]っ！！？」

「命中！」

どうやら敵は、拠点を確保した後にその場を動かなかったみたいです。

負傷者が多く治療していたのか、味方の援護に徹《てっ》していたのかはわかりません。

いずれにせよ、敵はグレー先輩の放った手榴弾に対応できず大きな損害を出したようです。

「お見事です、グレー先輩」

「俺たちは、味方の拠点の位置を把握してるからな。見えてなくても、手榴弾をブン投げられるんだ」

敵は、初めて入った塹壕の構造など把握しているはずがありません。

しかし自分たちはそれぞれ、両隣の防衛拠点の位置を把握しています。

拠点を確保した後に動かなければ、手榴弾の良い的になるのです。

「がーははは！　奴《やつ》ら逃げていくぞ、背中を撃て！」

こちらの手榴弾に驚いたのか、敵部隊は慌てて塹壕から這い出て撤退を始めました。

その背中を楽しそうに、小隊長殿が撃ち抜きます。

このように、一部隊だけ先行して塹壕を制圧してしまうと酷《ひど》い目に遭うのです。

戦争において部隊の突出は、死を意味します。向こう見ずな突進は、戦場における最も愚かな行為なのです。

「身のほど知らずに攻めるからだ！」

なので塹壕を確保するためには味方と連携し、複数の部隊で同時に制圧を行うべきなのです。

そうすることによって最低限の損害で、安全に拠点を制圧することができます。

そのはずなのですが……。

「アレと同じ事やって、いつも勝ってるお方もいるんだよなぁ」

「何だグレー、文句でもあるのか」

「いえ、とんでもありません、サー！」

自分のすぐ隣にいる小隊長殿《ばけもの》は、拠点を制圧してから塹壕伝いに次々と虐殺《ぎゃくさつ》していくのです。

防衛側の立場になって改めて、自分たちの上官の恐ろしさを実感しました。

いくら撃っても弾を切り落として突っ込んできて、剣一本で血の海を築き上げる突撃兵とか怖すぎです。

「小隊長殿、再び敵の攻勢です！」

「あん？　また来たのか」

「先ほどより、規模が大きいです」

右拠点の部隊が撤退し、敵の攻勢は失敗したかに見えました。

しかし三十分ほど時間をおいた後、敵は突撃を再開しました。

敵同士でタイミングを合わせ、攻めてきたようです。

「ふん、何度来たって返り討ちにしてやる」

小隊長殿は笑って、楽し気に銃を構えました。

先ほどより敵の人数も多いそうですし、大丈夫でしょうか。

「右の拠点、再び制圧されました！」

「お前らは正面の敵に集中しろ！　右方向の敵は、マリューたちに任せればいい」

防衛部隊が全滅していた右拠点は、あっさり陥落してしまいました。

再びグレー先輩たちが、右側の警戒に張り付きます。

「……ったく、こうもウジャウジャ何処《どこ》に隠れてたんだ」

「わざわざ殺されに、ご苦労様な事だ」

自分が隠れている間も、塹壕越しに数多《あまた》の断末魔《だんまつま》の声が聴こえてきました。

アレン先輩は表情筋を凍りつかせ、銃を撃ち続けています。

きっと塹壕の上には、地獄絵図が広がっているのでしょう。

「さすがに、数が多いな……」

「殺しても殺して湧いてきやがる」

何故こうも多くの犠牲を払ってまで、敵は進んでくるのでしょうか。

撃たれた一人一人に、きっと人生があったでしょうに。

「ガーバック小隊長、一大事です。左の拠点が、敵に侵入されています！　このまま制圧されれば挟み撃ちに！」

「あんだと？　使えねぇなぁドイツもコイツも!!」

アレン先輩が、珍しく慌てた声を上げました。どうやら、左の拠点が敵に侵入されているようです。

両隣の拠点が陥落すれば、我々は絶対絶命の状況になります。

敵に包囲される形になりますので、非常に不利な戦いを強いられるのです。

「もういい、俺が左拠点の援護に向かう。トウリは隅っこに隠れてろ！」

「はい、了解です」

「他の連中は、正面の攻勢を耐えしのげ！　俺が戻ってくるまで絶対に、ここを落とされるんじゃねぇぞ」

左拠点の陥落はさすがに見過ごせなかったのか、ガーバック小隊長は抜刀して塹壕の上へ飛び出しました。

「■■■！！？」

「やかましい、死ね!!」

銃弾が飛び交う中、小隊長はすれ違いざまに敵兵の首を切り落とした後。

獣のような前傾姿勢を取って、彼は隣接拠点目指して走り去ってしまいました。

「シャアアアッ!!」

雄たけびと共に、小隊長殿は数多の敵兵を切り刻んでいきます。

……やっぱり、剣抜いたほうが強いんですね小隊長殿。

「……っと、アレン先輩！」

「分かってる！」

ふと視界の端で、正面の敵が手榴弾を投げつけてきたのが見えました。

自分は即座にアレン先輩に声を掛けましたが、彼はもう反応しており、

「風砲《ウィンド》！」

風の魔法で手榴弾を吹き飛ばしてくれました。

なるほど、以前魔法で対空するって言っていたのはこれの事ですか。

「まだまだ来るぞぉ！」

「こいつら死ぬのが怖くないのか⁉」

「■■■ッ‼」

ガーバック小隊長が飛び出した後も、我々は必死の抵抗を続けました。

しかし、小隊長が抜けた穴はとても大きかったようです。

ジワジワと敵の数に押され、塹壕の手前まで敵に迫られつつありました。

「何をやってる！　ナリドメ、撃て！」

「……」

一発の銃弾を撃つごとに、排莢動作《はいきょうどうさ》が必要になります。

そのわずかな隙を見逃さず、敵は走り込んで来るのです。

なのでできるだけ早く装填を終え、一発でも多く敵を撃つべきなのですが……

「ぼーっとすんな！　早く迎撃を！」

ナリドメ二等兵……この前自分を襲った新兵が、いきなり弾を撃つのをやめました。

彼は銃撃を終えた後も、呆然《ぼうぜん》とその場に立ち尽くしています。

その隙を突いて、軍刀を携えた目に傷のあるサバト兵が銃弾の雨の中を切り抜けこっちに走り込んできました。

「ナリド――」

「[redacted]ォ！！！」

　銃の引き金を引けば狙わずとも当たる距離なのに、ナリドメは身動き一つしません。

　やがて敵はナリドメの顔を蹴り飛ばし、塹壕内に侵入してきました。

　顔面を蹴り飛ばされたナリドメは、そのままの姿勢で地面に頭を打ち付け倒れました。

　そして、ようやく自分は彼の身に何が起こったかを知ります。

「ひっ」

　ナリドメ二等兵の額に、風穴があいていました。いつの間にか、彼は撃ち殺されていたようです。

「[redacted]ぁ！！！！」

　塹壕に入ってきたその兵士は、三十歳くらいの中年の男性でした。

　男は着地と同時に軍刀を上段に構え、叫ぶ暇もなく目の前にいたヴェルディ伍長《ごちょう》に斬りかかりました。

「ひぃいい⁉」

　ヴェルディ伍長は慌てて銃口を向けましたが、それより早く男の軍刀が一閃《いっせん》します。

　伍長の腕は斬り飛ばされ、骨が断たれる鈍い音と共に鮮血を撒き散らして宙を舞いました。

　中年のサバト兵は血脂《ちあぶら》に塗《まみ》れた軍刀を返し、姿勢を低く一歩踏み込んで、

「伍長伏せろ！」

「[redacted]っ⁉」

二撃目の斬撃を繰り出そうとした瞬間、アレン先輩の援護射撃が襲いかかりました。

堪《たま》らず敵はヴェルディ伍長に斬りかかるのをやめ、大きく横っ飛びします。

血飛沫《ちしぶき》を塹壕に撒《ま》いて土煙と共に滑りながら、その『剣士』は自分の目前で止まりました。

……さて。

「トウリ、逃げろぉぉぉ！！！」

『敵』と自分の目が合いました。

その距離は、一メートルほど。十分に、斬撃の間合い内ですね。

「■■■■■……っ」

敵の言語はよくわかりません。何を言っているのか、さっぱり理解できません。

しかし、一つだけ伝わる事があります。それは、

『■■■■■《コロシテヤル》っ！』

敵のその目に浮かんだ、溢《あふ》れんばかりの殺意と怨念でした。

……自分は十五歳の少女です。場合によったら、年齢より幼くみられることもある外見です。

だというのに、その敵兵の瞳に躊躇《ちゅうちょ》などありませんでした。

「■■《シネ》」

「あっ」

子供であろうと、女であろうと、敵は殺す。この兵士はそんな覚悟を持った上で、此処《ここ》

まで突撃してきたのです。

その太刀捌《たちさば》きは、自分の目では追えませんでした。

気付けば軍刀が上段に構えられ、太陽の光を反射して自分の視界を遮《さえぎ》りました。

このままでは死んでしまう。サルサ君に救われた命を、何の意味もなく消費してしまう。

それは嫌です。自分のためにも、彼のためにも。


「【盾《シールド》】」


その時の動きは、ほぼ無意識だったと思います。

咄嗟《とっさ》に構えたその【盾《シールド》】は、ガーバック小隊長殿に教わったモノよりずっとずっと鋭角でした。

鋭い槍先《やりさき》のような、二等辺三角形の【盾《シールド》】。自分はそれを、無我夢中で形成していたのです。

「■■■!?」

振るわれた鋒《きっさき》は自分の形成した【盾《シールド》】の面上を滑り、綺麗《きれい》に逸《そ》れていきました。

狙ったつもりはありません。これはただ、『こうしないと死ぬ』という直感に突き動かされての行動でした。

しかし結果的に、小隊長に教わった通りに敵の軍刀の動きを逸らして躱《かわ》す完璧な【盾《シールド》】の使い方だったと思います。

「……死ねっ」

至近距離の一撃を避けられ、敵の剣士の動揺が伝わってきました。

その一瞬のスキを、逃さずに突っ込んできてくれた人がいました。

それは、

「死ね死ね死ねっ!! このクソッタレ、鬼畜、人でなし! 血肉を啜《すす》るゲスどもが!」

口の悪い方の新米二等兵……ロドリー君でした。

「■■■■!!」

「どうだ、苦しいか! ざまーみろ、好き勝手に人を殺しまくった報いだ! あはははは!」

彼は敵兵に背後からとびかかると、そのまま首筋を掻《か》っ切りました。

自分の顔面に、男の生暖かい血飛沫が降り注ぎます。

「あひゃひゃひゃひゃ!!」

……その時のロドリーは、第一印象の時とは明らかに様子が違っていました。

機敏で、狂暴で、そして狂楽的な声でサバト兵を地面に叩《たた》きつけました。

何か、大事な糸が切れたような。そんな印象を受けました。

「あひゃ、あひゃ、あひゃ!!」

彼はアーミーナイフを何度も何度も、地面に打ち倒した敵の顔面に叩きつけていました。

サバト兵は初撃で息絶えていたように見えました。

だというのに彼は、執拗《しつよう》に遺体を攻撃し続けました。

それは頼もしいと言うより、ただ不気味な光景でした。

「ちょ、落ち着けロドリー！　殺したなら、すぐに正面の敵の迎撃に戻れ！」

「……あ？　ちっ、了解でっす」

ロドリー二等兵は、グレー先輩に声を掛けられるとすぐ元のテンションに戻りました。

そして何食わぬ顔で、再び塹壕壁沿いに立って銃撃を再開しました。

何だったんでしょうか、今のは。

「……クソッ、もっと苦しめて殺せばよかった、失敗した」

その時のロドリーの、ボソッとした呟きが嫌に耳に残りました。

ちょっと気味は悪いですが、自分は彼に命を救われたのです。

後でしっかり、お礼は言っておきましょう。

贅沢を言うなら、血をぶちまける方向を考えていただきたかったです。軍服がサバト兵の血でベタベタです。

「あっあっ！　腕、腕ぇ!!」

「伍長！」

ヴェルディ伍長の泣き声を聞いて、自分は我に返りました。先ほど、ヴェルディ伍長が負傷していたのを思い出したのです。

自分は急いでヴェルディ伍長のもとに駆け寄って、その傷を確認しました。

見た感じですと斬られた範囲は、肘から先だけ。割と綺麗な切断面なので、早めに治療をすればくっつくと思われます。

小隊長殿が戻ってきたら、治療を要請してみましょう。

「ヴェルディ伍長、切り落とされた腕を拾って塹壕壁側に来てください！　止血処置を行います！」

「う、うぐぅぅ！　わ、分かっり、ました」

塹壕での治療行動は、前壁近くで屈《かが》んで行います。

敵の攻撃の死角になるので、安全に治療ができるからです。

「ひろ、拾ってきました！」

「傷口を洗浄します。痛み止めを使う暇はないので、歯を食いしばってください」

「は、はいっ。く、うがががっ、がぁあ‼」

自分は生理食塩水で創部を洗い流した後、傷口にガーゼを当て縄で縛り止血しました。

衛生兵の背負うリュックは、中身が結構多いです。

前線での処置を行えるようメスや縫合糸《ほうごうし》に加え、生理食塩水や傷を焼くバーナーなども入っています。

一人でも小さな医療機関として活動できるように、色々詰め込んでいるのです。

「止血完了です。これで失血死はしないので、おとなしく待機してください。小隊長殿が戻ってきてから、治療要請を行います」

「え？　ちょ、すぐ回復魔法は使わないんですか？」

「すみません、自分の権限では回復魔法の行使はできません。小隊長殿の許可が必要です」

自分はそう言い放ち、創部の洗浄に使った生理食塩水の残りを『これ飲んでおいてください』と手渡しました。

失血した後は水分補給が大事です。

「で、ではトウリ二等衛生兵、私への回復魔法を命令します」

「え？　あ、えっと」

「早く戦線復帰したいので、治療していただけますか」

ヴェルディさんにそう言われて、自分は少し混乱しました。

言われてみれば、ヴェルディ伍長は自分より階級が上で分隊長です。

ならば、ヴェルディ伍長の命令があれば自分は回復魔法を行使できるのでしょうか。

……できるの、でしたっけ？

「早く、このままじゃ腕がくっつかなくなってしまいます！」

「……」

いえ、冷静になりましょう。ガーバック小隊長の許可なく回復魔法を行使して、『指導』されるのはもう御免です。

指揮権、そう指揮権の問題です。これはヴェルディ伍長が自分に対して指揮権を持っているか？　という問題です。

冷静に指揮系統を整理しましょう。

この小隊の隊長であるガーバック小隊長は、部下全員に対しての指揮権を持っています。

そしてこの小隊には、『アレン偵察隊《ていさつ》』『ヴェルディ上等歩兵部隊』の二つの分隊が存在します。

この二分隊に衛生兵である自分を加えて、ガーバック小隊は成り立っています。

分隊長であるアレン先輩とヴェルディ伍長は、それぞれ自分の分隊メンバーに対してのみ指揮権を有します。

歩兵ではない自分は、その分隊のどちらにも所属していません。自分の立場はガーバック小隊長の直属です。

つまり、

「大変申し訳ありません、ヴェルディ伍長。貴方《あなた》は自分に対し、指揮権を有していないと認識します」

「え?」

「ご安心ください、切断された腕の治療期限《ゴールデンタイム》は数時間あります。まだまだ全然間に合います」

「え、いやちょっと!」

そうですそうです、自分より階級が上の将校なら誰でも治療命令できる訳ではありません。

それがまかり通るなら、一等歩兵のグレー先輩も自分に命令し放題です。

しかし以前にグレー先輩が負傷した時、彼は直属の分隊長だったマリューさんを介し、小隊長殿に治療を要請してました。

つまり自分がヴェルディ伍長を勝手に治療したら、過酷な暴行にあいます。

「自分はヴェルディ伍長殿に、切断側の腕を上げ安静にしておく事を提案します。血圧が上がると、切断面から出血が起きる可能性が――――」

「待って、私は腕を斬られてるんですよ⁉　ガーバック小隊長に確認しなくても、治療許可は絶対に下りるでしょう！　そんな指揮権がないからって、馬鹿げた」

「馬鹿げていません、命令は絶対です」

ヴェルディ伍長は焦った声で、自分の肩を揺らしました。

顔を真っ青《まさお》にして叫ぶ彼に、自分は冷静に語り掛けました。

「それともヴェルディ伍長は、自分にまた折檻を受けろと仰るのですか？」

「え？」

自分はもう、二回も命令違反で厳しく指導されているのです。

彼の体罰には、容赦がありません。

どうせ回復魔法で治るからと、全身がボロキレになるまで暴行を加え続けられます。

「命令は、絶対なんです」

「……え？　トウリ、さん？」

「嫌です、もう、もう指導されるのは嫌なんです。申し訳ありません、ヴェルディ伍長。どうか小隊長殿が戻ってくるのをお待ちください」

もしまたやらかしたら、前以上に過酷に折檻されるに違いありません。

自分の脳裏に小隊長殿の怒り顔が浮かんで、少しづつ呼吸が荒くなってきました。

やがて鼓動の音が早くなり、自分は目を見開いて胸を押さえ、その場に屈みこんでいました。

「どうか、ご納得いただけると……」

「……失礼しました、取り乱しました。仰る通り、私にトウリさんへの指揮権はありませんでした」

「伍長、ご理解いただけて幸いです」

「すみません。貴女《あなた》をそこまで怖がらせるつもりはなかったんです、無茶を言いました」

自分は随分《ずいぶん》と青い顔をしていたようで、ヴェルディ伍長に心配されてしまいました。

どうやら自分は、ガーバック小隊長に相当なトラウマを植え付けられてますね。

彼に折檻されると思うと、動悸《どうき》と冷や汗が止まりません。

ガーバック小隊長の言う事に逆らう気が、全く起きなくなっています。

これも彼の狙い通りなのでしょうか。

「あ、見てください。小隊長殿がこちらに向かってきます」

「向こうでの援護が、終わったようですね」

そうこうしている内に、件の恐ろしい人が戻って参りました。

ガーバック軍曹は銃撃が飛び交う戦場を、敵兵を切り殺しながら突っ切って来ます。

さっき襲われた敵より恐ろしいな、と感じたのは秘密です。

「もう攻勢は終わったようだな。ようし、ヴェルディを治療してやっていいぞ」

「ありがとうございます」

勝手に治療しなかった自分の判断は正解だったようで、戻ってきた小隊長殿にヴェルディ伍長への処置をお伺いすると「戦闘終了まで待て」との事でした。

どうやらガーバック小隊長は、自分の身の安全が確保されるまで部下に回復魔法を使わせるつもりはないようです。

これ、うっかりヴェルディ伍長の命令に従ってたら縊《くび》り殺《ころ》されてたんじゃないでしょうか。

「【癒《ヒール》】」

「お、おおぉー？」

「伍長、動かないでください。そのまま包帯で固定しますので」

自分は、何とか絞り出した魔力でヴェルディ伍長の腕をくっつけました。

……ちょっと魔力が足りなかったのか、効果が弱いような気がしますね。

【盾《シールド》】を使ったからでしょうか。

「小隊長殿。ヴェルディ伍長へ行ったのは応急処置です、野戦病院での治療継続が必要と思われます」

「だろうな。もう良い、とっとと治療しに行っちまえ」

自分は治療の出来《でき》に自信がなかったので、ヴェルディ伍長にはこのまま野戦病院に行って貰《もら》うことにしました。

大丈夫でしょうかね。歩いてる途中に固定が外れてポロリ、と肘から先が落ちたりしませんかね。

そうならないよう、少し強めの固定をしときましょう。

「あー、小隊長殿。ヴェルディさんがいく前に一応、アレやっときます？」

「……いや。ナリドメに敬礼なんぞ要らんだろ」

小隊長殿は、額に風穴を開けて倒れこんでいるナリドメの遺体を一瞥《いちべつ》し、そう言いました。

アレ、というのは……。戦死者が出た時の敬礼のことでしょうか。

「死んで元々。自棄《やけ》を起こした新兵が、戦力になることなんてねぇんだ」

そしてガーバック小隊長殿は、興味もなさそうにナリドメの遺体から目を逸《そら》しました。


「……あの、ロドリー君」

「あ？」

そのナリドメの遺体は、ロドリー君が後方まで運んでくれることになりました。

仲間の遺体運びは、部隊で一番の新兵の仕事なのです。

「今日はありがとうございました」

「え、何の事だ？」

自分は本日、この同期で口の悪い新兵であるロドリーに命を救われました。

そのお礼を言っておこうと声をかけたのですが……、彼から返ってきたのは怪訝《けげん》な顔でした。

「その、自分の危ないところを助けていただいたので」

「そんな事あったっけか？」

「ほら、敵剣士が塹壕に飛び込んできた時の」

「あー……。そういやお前襲われてたな」

どうやら彼に、自分を助けたという自覚は一切なかったようです。

あの時彼は、

「俺ァ、背中向けてる敵がいたからぶっ殺しただけなんだけど」

「……」

だ、そうです。自分の安否なんぞ、一切気にかけていなかったようですね。

「というかお前、敵が目の前にいたのに何で反撃しねぇの？　ちゃんと戦意ある？」

「自分は衛生兵ですので、攻撃装備は持たされていないのです」

「その腕は何のためについてんだよ、その歯は何を噛《か》み切るためにあるんだよ。武器なんぞなくても、敵が目の前にいたら殺しにかかるのが普通だろ」

ロドリー君はそう言った後、見下した顔で自分を指さし、

「お前、今日の戦場で一番役に立ってなかったからな。わざわざお前なんぞ助ける奴なんていねぇよ」

「……」

「殺せる敵がいたから殺した、それだけだ。俺にすり寄ってくんな気持ち悪い、お守りでもしてほしいのか？」

吐き捨てるようにそう言って、ペッぺと唾を吐きました。

「俺は弱いくせに媚《こ》び売るのが上手《うま》い人間が一番嫌いなんだ。お前みたいな、な」

「……はあ」

「二度と話しかけてくんなよ、くっせぇ」

その言葉を最後に、ロドリーはそっぽを向いてテクテク歩き去っていきました。

ナリドメ二等兵の遺体をズルズル引きずりながら。


【四月十七日　夜】

小隊長殿から休養を許された自分は、いつもの塹壕の溝に身体をうずめて眠りました。

今日を生き残れたことに感謝しながら、夜空の下で目を瞑《つむ》ります。

因《ちな》みに、もうナリドメはいませんが、念のためグレー先輩の隣で寝かせてもらうようお願いしました。

グレー先輩は何か嬉《うれ》しそうでしたが、ロドリーはゴミを見る目で自分を見ていました。

「ふわぁ～、明日はもっと殺してぇぜ」

「……」

そのロドリーのボヤきが、深夜の塹壕に響き渡ります。

彼はどうやら嫌々戦っているのではなく、殺意を持って此処にいるようです。

それは兵士として正しい事だと思うのですが、回復しかできない自分に対し侮蔑《ぶべつ》のような感情を抱くのは勘弁してほしいところです。

ちょっと、居心地《いごこち》が悪いです。

「……」

色々な人と出会って、自分は改めて『彼』の事を思い返していました。

初めて会った時は頼りないと感じましたし、迂闊《うかつ》でアホっぽい同期とおざなりに扱っていましたが。

『一番サルサ、脱いで踊《おど》りまッス！』

『年下っスよ、まだトウリは十五歳っスよ。さすがにシモの話はもうちょい待ちましょう先輩』

『令を復唱しまっす！　俺は命に替えても、トウリ二等衛生兵を守るっス』

サルサ君って、最高の同期だったんですね。親しみやすいし、紳士だし、口も悪くないし。

彼が生き残っていれば、どれだけ自分は救われていたでしょう。

自分は失って初めて、サルサ君という存在のありがたみを実感したのでした。


【四月十八日】

「先輩、俺も手榴弾とか欲しいんだけど」

「知らん」

何時《いつ》ものように死線を潜《くぐ》り抜けた、朝。

自分はいつものように装備の点検を終え、病院に戻る準備を進めていました。

「何で俺には支給されないんだよ?」

「爆発物を扱えるのは、一等歩兵以上になってからだ」

まだ何も言われてませんが、今日は病院勤務と思われます。

昨晩の防衛戦の損害を考えるに、野戦病院は修羅場になっていることでしょう。

なのでゲール衛生部長が「自分《トウリ》を野戦病院に戻せ」と命令している可能性が高いです。

この損害状況で、味方が攻勢に出るとも考えにくいですし。

「アレ一個あれば、どれだけの敵を爆殺できると思ってるんですか」

「手榴弾一個作るのにどれだけコストがかかると思ってんだ。新兵の分まで用意できるわけあるか」

そんな自分のすぐ傍《そば》で、戦闘狂君《ロドリー》がグレー先輩相手に文句を言っていました。

聞き耳を立てたところ、ロドリー君は手榴弾が欲しいみたいです。

「そんなに欲しいなら、小隊長殿に言えよ。なんで俺に言うんだよ」

「……だって先輩、二個持ってるじゃん」

「俺の予備だっつの。コレ新兵に横流しなんてしたら、首を切り飛ばされるわ」

「えー、ずっこい。俺も爆殺してぇなぁ」

手榴弾というのは、とても恐ろしい兵器です。

爆風だけで四~五メートルに及び、更に高速の破片が飛び散り、爆破圏内の数多の人間を殺傷します。

自分も爆風に巻き込まれましたし、サルサ君はそれで命を落としてしまいました。

そんな自分としては、そんな軽い気持ちで爆殺したいとか言わないでほしいです。

「ま、いいや。じゃあ小隊長殿に直談判《じかだんぱん》しよ」

「……それも、やめといたほうがいいと思うぜ？　ウチは、以前に擲榴兵《てきりゅうへい》がやらかしたからなぁ」

「何だ？　俺に手柄立てられるのが怖いんですかぁ先輩？　小心者ッスねぇ」

ロドリー君はケッと、悪態をついて立ち去りました。

彼の態度は、先輩に対するソレではありません。

「お前は本当に可愛《かわい》くねぇなぁ。俺はちゃんと忠告しといたぜ」

普通ならムっとしそうなモノですが、グレー先輩は気を悪くしたふうもなく冷静にあしらってしまいました。

チャラそうに見えて、割と大人なんですよねグレー先輩。

「お？」

そんな二人の会話をぼんやり見ていたら、グレー先輩と目があいました。

「どうしたトウリちゃん、もしかして俺に惚《ほ》れたか？　朝から熱い視線を感じるねぇ」

「……そういうところ以外は、尊敬していますよグレー先輩」

ニカっと笑顔を向けて、グレー先輩が話しかけてきます。

自惚《うぬぼ》れでは無ければ自分は、グレー先輩から可愛がってもらっているように感じます。

それは異性的なモノではなく、先輩後輩的な好意だと思われますが。

「良い女ってのは、良い男を本能的に見分けるもんさ。つまりトウリちゃんは、良い女って事だ」

「その台詞《せりふ》、お得意の口説き文句だそうですね。アレンさんが、グレー先輩の手口を幾つか教えてくれました」

「あー、やべ。知ってたの？」

「はい」

自分の返答を聞いた後、グレー先輩は誤魔化《ごまか》すように大笑いして、自分の頭を撫《な》でてくれました。

こういうところさえなければ、自分も彼を文句なく尊敬できるのですが。

いえ、もしかしたらこの軽薄な感じも、敢《あ》えてそう振舞っているのかもしれませんね。


「トウリ、貴様は今すぐ野戦病院へ走れ。ダッシュだ！」

「へ？　は、はい！」

ブリーフィングの五分前。

既に集合場所にいたガーバック小隊長は、自分を見るなりそう命令しました。

「今日の貴様は病院付けだ、向こうは相当忙しいらしい」

「はい」

「一秒でも早く合流しろ。オラ、何をモタモタしている走れ！」

朝一番で告げられた自分への指令は「病院まで走れ」でした。

やはり本日は病院勤務のようですが……。

「向こうでトレーニングする暇もなさそうだからな。鍛えながら移動しろ」

小隊長殿は、せっかくなのでトレーニングがてら走れと仰っているようですね。

とにかく体力のない自分を、歩兵並みに走れるようにしたいのでしょう。

「了解です。現時刻より全力で、野戦病院まで走ります。その後、ゲール衛生部長の指揮下に入ります」

「よし、いけ」

ふぅ、朝から大変ですが頑張りましょう。

「ふ、ふ、ふ、ふ……」

そして自分は言われた通り、割と全力で野戦病院まで走りました。

汗だくにはなりましたが、早朝のランニングは気持ち良いですね。

重装備を背負っていなければ、ちょうど良い運動だったかもしれません。

今後は自主的に、塹壕から野戦病院まで走るのも良いと感じました。

……朝から汗臭くなってしまうのが難点ですが。

患者さんの前に出る前に、更衣室で身体の汗を拭うとしましょう。


「トウリちゃん、よく来てくれたわ。応急診療所に今すぐ入ってくれる？」

「応急診療所、ですか？」

息を整え身体の汗を拭いた後、ゲール衛生部長のもとに行くとそう言われました。

本日は病床勤務ではなく、別の仕事をやらされるようです。

連れて来られた先にあったのは粗末《そまつ》なテントと、見たこともない長蛇の列でした。

「あのテントの中は、診療に必要なものが一通りそろってるわ。あの中で、負傷者の処置を順番に行ってちょうだい」

「なるほど、了解しました」

どうやら自分は、診療を割り当てられたみたいです。

診療とは負傷者の状態を見て重症度を判断し、適切な治療を行う仕事です。

経験が必要な仕事なので、新米の自分には割り振られないと思っていました。

「病床が全く足りなくて、自力で歩ける人は皆入院させずにソコに並べてるのよ」

「……なんと」

「軽傷者は最低限の処置だけやって、前線で休ませて治す事にしたわ。そうしないと捌《さば》ききれなくてね」

そうボヤくゲールさんは、もう疲労困憊《ひろうこんぱい》といった顔色でした。

まさかこの人、一昨日から全く寝てないんじゃ……。

いや、寝れるわけないですよね。昨日の攻勢で凄まじい数の患者が搬送されてきたと思いますし。

「痛ぇ……、痛ぇよぉ」

「腕の感覚がねぇ……、これ壊死《えし》してねぇか？」

チラリと列を見た感じ、今までなら入院してたレベルの人が、野ざらしで待たされていました。

　腕が千切れて腐りかけてる人とか、横になって動かない人とか沢山います。

　こんな人を放置して大丈夫なのでしょうか。

「並んでいるのは比較的軽傷な人だけだから、全部トウリちゃんに任せる事にするわ。回復魔法使うタイミング、間違えないでね」

「……へ？」

　顔を青くしている自分に、衛生部長はとんでもない指令を出しました。

　ここに並んでいる百人くらいの列を、全部自分一人で見ないといけないみたいです。

　……全部⁉

「ごめんね、病床に人手が全く足りてないの。そのうち交代要員をよこすから、それまで頑張って」

「は、はい……」

　……軽傷で命の危険がない人の処置が追い付かないので、自分に全部投げたんですね。

　自分は昨日眠れていて、魔力も体力も有り余っているから。

「頼んだわよ～」

　衛生部長は申し訳なさそうな顔をしながら、大慌てで走り去っていきました。

　さて、どう見ても百人……は、いますよね。えっと、一人十分かけて処置したとしたら、十六時間超え……。

　そんなに最後尾の人を待たせるわけにはいきません。

だから、この結構な負傷者たちを十分以内で捌かないと追いつかないという事ですね。

「……」

「あ、やっと衛生兵さん来てくれたのね。こっちです、入ってきてください」

「は、はい」

テントの中では看護兵さんが、既にスタンバイしてくれていました。

自分は未《いま》だ振られた業務の大変さを実感できぬまま、訳も分からず白衣を着せられて診察室の椅子に座らされました。

サイズが合わず、自分の掌《てのひら》は白衣の袖に埋《うず》もれていました。

「お、おい！　散々待たされて、処置するのがこんなガキんちょかよ！」

「……ご不満ならどうぞお帰りください」

「俺はここで、昨夜からずっと待ってたんだぞ！　ちゃんと、もっと上の衛生兵を出してくれ！」

さて、そんなこんなで初めての診療業務をやらされたのですが。

まあこれが、大変極まりなかったです。

「回復魔法を使ってくれよ！　ほら、足が動かないんだ」

「恐らく、ただの骨折と思われます。回復魔法を使わずとも、固定するだけで治りますよ」

負傷者は自分の身体の事なので、訴えが必死でした。

その全てに回復魔法を使えればよかったのですが、自分の魔力では三回まで。

魔法を使わなくても治る怪我《けが》は、我慢していただかないといけません。

「腕が……どうなるんだこれぇ！」

「……壊死しています。魔法を使ってもどうにもなりません、切除しますので心の準備を」

「嫌だァ!!」

自分の診療テントに並んでいる方は、軽傷と診断されている人ばかりです。

そして、軽傷とは『命の危険が無い人』。

「……ぁ。う……」

「顔面に爆風を浴びたのですね。……大丈夫です、軟膏《なんこう》を出しておきますので」

顔面が丸焼けであろうと、腕が腐り落ちかけていようと、兵士たちはテントの前に並んで雑魚寝《ざこね》させられるのみでした。

「比較的軽傷な人」と衛生部長は仰っていましたが、治療しても戦線復帰が難しい人も治療優先度が低いと判断され、ここに並ばされているのかもしれません。

軽い処置で済むような軽傷な人もいれば、一生後遺症が残るような大怪我《おおけが》の人まで重症度はまちまちでした。

「あ、トウリちゃん……」

「あ、ヴェルディ伍長、お疲れ様です。腕の調子はどうですか」

「ああうん、大丈夫っぽいですよ」

昼頃、診療テントに見知った顔が入ってきました。ヴェルディ伍長です。

彼も軽傷と診断されていたみたいで、列に並ばされていたようでした。

……昨晩は少し自信がなかったのですが、見た感じ上手く腕はくっついてくれたようです。良かった。

「では、伍長は完治です。戦線に戻っていただいて構いません」

「うん、ありがとうね」

病院で小隊メンバーと会話するのは何か違和感ありますね。

伍長は頑張ってね、と応援の言葉を残して応急診療所を出ていきました。

では、言われた通り頑張っていきましょう。

「見てくれ、俺の、尻が爆発して――――」

「あら、これはひどい火傷です」


結局。その大量の列が掃けたのは空が暗くなってきてからでした。

自分は何度も秘薬を飲んで魔力を絞り出し、気力も体力も限界に達していました。

食事休憩なんてとる暇すらなく、診療の合間にレーションを啜り身体を動かし続けました。

「トウリ二等衛生兵、あと数人で終わりです」

「お、終わるん、ですね」

一緒に働いてくれた、ベテラン看護兵さんがそう声をかけてくれました。

衛生部長は交代要員をよこすといっていましたが、結局そんな人員は送られてきませんでした。

まぁ無理ですよね、病床忙しいですもんね。

「君は若いのにしっかりしてるな。ありがとう、若き衛生兵殿」

「ありがとうございます。どうかお大事になさってください」

一部ヤバい人もいましたが、患者さんの殆どは軽い怪我で、かつ礼儀正しい人でした。

それに助けられ、自分は怪我を機械的に診察して、処置をし続けました。

終盤はあまり、頭も働かなかったような気がします。

普段の病棟業務より、ずっとずっと辛いです。

「最後の方、どうぞ」

しかし、その過酷な業務もこれで最後。さすがにゲール衛生部長も、この仕事が終われば休憩をくれるでしょう。

くれますよね？　夕食くらいは、ゆっくり取れますよね？

だから最後の元気と愛想を振り絞って、丁寧に冷静に治療を……

「……」

「……んだよ」

最後に入ってきた患者さんは、もう凄い傷を負ったロドリー君でした。

「……あの」

「早く治療しろ、無能」

「本当に、小隊長殿に手榴弾を要求したんですね」

「うっせぇわ」

そしてこのロドリーが、今日一番の重傷患者（味方からの体罰）でした。

全身打撲、骨折に加え、一部関節が脱臼《だっきゅう》してました。

下手したら死んでいる勢いの怪我です。

「……ちょっと待っててくださいね」

「あ？　何飲んでんだよ」

回復魔法を使わないといけない大怪我だったので、自分は秘薬でドーピングし【癒《ヒール》】を行使しました。

治療してる側からすると、ガーバック小隊長殿の暴行《しどう》の処置をするのはイラっとしますね。

余計な仕事増やさないでくださいよ、小隊長……。

「チンタラしてんじゃねぇぞチビ！」

「はぁ」

一応、彼は命の恩人なのでかなり丁寧に処置をしました。

自分なりにできる治療を、全てやってあげた気がします。

ですがロドリー君は「治療が遅いし、まだ痛みも残ってる。とんだヤブだ」と自分に吐き捨てて帰っていきました。

何とも言えない虚無感が、自分を襲います。

最後の患者が、一番疲れました。

「お疲れ様、トウリちゃんは少し休んでいいわ」

「はい、ありがとうございます」

応急診療所の仕事を終えたことを報告すると、自分は一時間ほど休憩時間をもらえました。

この時間でおいしい食事を摂《と》って仮眠することができました。

「トウリ、十三番ベッドの処置任せる！」

「はい」

しかし休めたのはそれだけ。夜からは、急変していく病床患者の対応に追われる事となりました。

応急診療所の患者と違って、病床の患者は対応を誤ると死んでしまいます。

そこら中のベッドで患者の危険を知らすアラームが鳴り響き、主任の指示で自分はあちらこちらへと走り回りまわされました。

「十八番はもう無理だ、諦めて看取《みと》れ。助けられる奴に治療を集中しろ！」

「主任、十五番も危篤です」

「そっちはまだいける、外液増やせ！　心不全兆候を注意して見とけ」

恐ろしいことに、自分はかなり優遇されていたという事実を知りました。

聞いたところ、病床主任や先輩方はもう一週間も寝ていないのだとか。

「しゅ、主任。四番ベッドの血圧が下がってきました」

「敗血症《ゼプ》ってんだろソレ！　抗生剤は？」

「他の患者に使う予定の在庫しかありません」

「……じゃあ看取れ」

夜の病床は、本当に修羅場でした。

患者の数が多すぎて、医療資源の供給が全く追いついていないのです。

治療手段も何もない時、我々は意識もなく寝ている患者の命の取捨選択を行うしかないのです。

「十八番ご臨終です」

「運び出せ。で、外で放置してるトリアージ高い重傷者を運び入れろ」

「はい」

運が悪ければ、このベッドに眠っているのは自分だったかもしれません。

そしてここで命を落としてしまえば、主任の号令で機械的に病床から運び出されて墓穴に投げ捨てられるのでしょう。

前線も、野戦病院も、この世の地獄です。


【四月十九日】

「おうテメェら。待ちに待った攻勢の日だ」

早朝、午前五時。

目まぐるしく働いた徹夜明けに、朝一番で小隊長殿に呼び出された自分が告げられたのは、そんな言葉でした。

「今の戦力で、再度攻勢ですか」

「偵察によると、敵の防備がかなり手薄になっている。今攻めれば、一気に取り返せるだろう」

「……了解です」

基本的に塹壕戦は、攻勢を行った側の損害の方が大きくなるものです。

敵の連続攻勢で我々にも重大な損害が出ましたが、敵はそれ以上に死傷者が出たはずです。

「窮地にこそ好機あり。間もなく味方魔砲《まほう》部隊による砲撃が始まる、各員突撃に備えろ」

「はい、小隊長殿」

この戦争は、同じことの繰り返しでした。

敵が無理して攻勢をかけたら、その消耗した隙をついてこちらが攻勢をかけ。

そして、我がオースティンと敵サバト連邦の国境が、数十メートル単位で前後する。

その国境のわずかな前後のために、我々兵士の命を大量に消費しながら。

「調子に乗って攻めすぎた馬鹿どもに、天誅《てんちゅう》を下してやるぞ」

「うおおおおっ!!」

ガーバック小隊長の言葉に、ロドリー君はものすごくテンションを上げていました。

そういや、この小隊に配属されてからロドリー君は攻勢に初参加ですね。

「アレン隊は先行しろ、ヴェルディ隊は何も考えず俺に追従《ついじゅう》してればいい。トウリはいつも通り俺の真後ろだ。ヴェルディ隊は俺とトウリの両脇を固める形を作り守れ」

「了解」

ガーバック小隊のフォーメーションは、いつもの形のようでした。

練度の高い分隊を先行させ、ガーバック小隊長の突撃の露払いをさせる。

もう一つの分隊でガーバックの左右を固め、正面への制圧力を高める。

「ヴェルディ、貴様は最後方だ。トウリの背後を固めろ」

「はい」

そして、練度の低い自分やヴェルディ伍長は後方に設置してお守りする。

おそらく小隊長殿の後ろにいる人は、見習い扱いという事なのでしょう。

「今日はトウリちゃんの隣か、よろしく」

「頼りにしています、グレー先輩」

自分のすぐ脇を固めてくれたのは、グレー先輩でした。彼も、ヴェルディ分隊の所属です。

ヴェルディ分隊は元々、マリューさんというベテラン突撃兵が仕切っていました。

しかし階級が上のヴェルディ伍長が加入した事により、指揮系統が上書きされマリュー分隊がそのままヴェルディ分隊になったのです。

「ですが、今日は俺が仕切らせてもらっていいんですね、伍長」

「ええ、お願いしますマリューさん」

実戦での指揮能力は、マリューさんの方が圧倒的に上です。いくら伍長が士官学校出とはいえ、経験値が違いすぎます。

なので今日の突撃の指揮を、ヴェルディ伍長はマリューさんに委託するそうです。

「伍長、最初は難しい事は言いません。ただ走って、トウリ衛生兵の後ろを固めてください」

「ええ」

「背後から撃ってくるような奴は滅多《めった》にいませんので、ビビらず行きましょう」

とまぁ、突撃前のブリーフィングはこれで済んだのですが……。

「俺はアレン分隊なのに、なんで後ろ……」

「お前の訓練度では、隊列を乱すだけだ」

自分は先行できると思って大はしゃぎしていたロドリー君が、アレンさんの指示で後ろに回されブーたれていました。

そうです。彼も自分やヴェルディ伍長同様に新兵なので、ガーバック小隊長の後ろに配備されるのです。

「よく学んで、強くなれ。そしたら先行部隊に交じれる」

「こんな後ろから、どうやって人を殺せっていうんだ……」

相変わらず、素晴らしい殺意です。平時であれば、絶対に関わり合いになりたくない人ですね。

「また上官命令に不満あるのか、ロドリー」

「い、いえっ」

ブツクサ文句を垂れていた彼も、小隊長殿にひと睨《にら》みされたら顔を青くして引き下がりました。

昨日の指導が、効いているようですね。さすがの彼も、ガーバック軍曹は怖いみたいです。

「……」

小隊長殿に促されたロドリー君は、無言になってスゴスゴと自分の後ろで配置につきました。

チラリと見えたその顔は、頬《ほお》を膨らませて不満げでした。

かなり精神的に幼い印象を受けますが、幾つなんでしょうか彼。もしかして自分と同じ、最年少の十五歳組とかなんですかね。


数時間のたっぷりの砲撃の後。

「予定時刻になった、突撃を開始するっ！」

小隊長の一喝《いっかつ》と同時に、ガーバック小隊は出撃しました。

我々の左右でも、同様に部隊が塹壕から這い出て突っ込んでいきます。

「うおおおおぉあああっ!!」

我々は雄叫《おたけ》びとともに、ガーバック小隊長の後ろを走ります。

敵の塹壕の中に飛び込んでその拠点を制圧できれば、勝利です。

「がはははははっ‼」

しかし、敵塹壕から凄まじい数の銃弾が飛んできます。

そんな中を無傷で走り抜けるのはガーバック小隊長くらいです。先行しているアレン分隊は、既にかなり損耗しているように見えました。

あ、一人頭を撃ち抜かれました。アレンさんも、右肩に被弾したっぽいですね。

「制圧だ、死に晒《さら》せ」

そんなこんなで先行したアレン分隊に続き、ガーバック小隊長殿が塹壕へ突っ込みました。

味方が一人死んだことなど気に留める様子もなく、小隊長殿はいつものように血の嵐を巻き起こしていました。

飛び込んでから数十秒で、小隊長は最初の拠点を制圧してしまいました。

「俺は左右拠点の制圧に向かう！　今のうちにアレンの処置だけやっとけトウリ！」

「はい」

そう言い残し、小隊長は塹壕越しに走って消えました。

アレンさんが損傷したのは、右肩の神経叢《しんけいそう》ですね。……これは、後方で治療しないと腕を動かせないでしょう。

とりあえず、止血だけしておきましょう。

「俺はここまでだな。すまん、マリュー。後は任せる」

「了解」

アレンさんは、ここでリタイアになりました。

負傷で動けなくなった人は、確保した塹壕に捨て置いて前進します。その方が安全だからです。

これで小隊は、残り七人。

「ようし、北側拠点の確保完了。南側の制圧に向かうぞ、てめえら！」

「はい！」

アレンさんに最低限の処置をしている間に、小隊長殿がすごい勢いで駆け抜けていきました。

そういえば、最初の突撃の頃はガーバック小隊長について行くのがやっとでしたのに、今は普通について行けてます。

数週間で体力ってつくもんじゃないと思うので、適切な走り方が身に付いたってところでしょうか。

「無、無茶です。無茶苦茶ですよこんなの！」

「何やっているんです、走りますよ伍長。置いて行かれちまいます」

「おかしいでしょう⁉　どうして味方が追い付いてきてないのに、先行制圧してるんですかあの人！　突出しすぎです！」

「……」

遠くでヴェルディ伍長の、悲鳴に近いぼやきが聞こえました。

やっぱりおかしいんですね、この突撃。味方を遙《はる》か後方に捨て置いて一人だけ突出するの、危険なだけですよね。

「叫んでる暇があったら、走るぜ伍長！」

「こんな突撃法、教本に書いてません！　むしろやっちゃいけない『誤った突撃』のお手本です！」

「伍長、良いことを教えてあげますよ。教本なんてモンは、後方に逃げた臆病モンが書いたちり紙なんでさぁ！」

アレンさんに代わって先行部隊の指揮官になった、マリュー一等兵がヴェルディ伍長をからかうように答えました。

おお、何か軍隊っぽいノリですね。こんな命のやり取りをする場でジョークは不謹慎だとは思われますが……。

「じゃあ私は、チリ紙を有難がって暗記してきた訳ですか」

「伍長、チリ紙を馬鹿にしちゃいけねぇ。戦場ではケツ拭く紙だって貴重品でさ」

「ああそうですか！　だったら初めから、勇敢な小隊長殿が書いた教本を配ってほしかったもんです！　凄まじい犠牲が出そうですけどね！」

「あははは！　おいおい伍長、ウチの小隊長殿は教本《もじ》なんて書く教養持ってませんぜ」

ヴェルディ伍長とマリュー分隊長は、軽口を飛ばしながらガーバック小隊長にくらいついて行きました。

実戦においては適度な緊張と、適切なリラックスが最大のパフォーマンスを生むといいます。

　なので敢えて、彼らは不謹慎だろうとリラックスできる軽口《ジョーク》を叩いているのですね。

「ガーバック軍曹に付いて突撃してたら、命がいくつあっても足りないです。至急、陣形の見直しを求めます」

「ところがどっこい、うちらガーバック小隊はむしろ死亡率低いんだわ伍長。衛生兵の配備を許してもらえる程度には」

「そんな、不条理な……」

　ヴェルディさんは、ガーバック小隊長の無茶苦茶ぶりにげんなりしていました。

　そうなんです、この小隊はガーバック軍曹のお守りのお蔭《かげ》で死亡率が比較的マシなんです。

『比較的』というところがミソです。

「ぜえー、ぜえー」

「おーい、大丈夫か」

　しかし悪態を吐《つ》きながらも、ヴェルディ伍長はしっかり突撃に追従しています。

　体力は十分、士官学校でしっかり鍛えてこられたみたいですね。

「……あの、ロドリー君。無理でしたらこの塹壕に残られたらどうです」

「ま、まだまだ、走れるから放っておけ貧乳……」

「はあ」

　今の小隊の中で最も危なそうなのは、ロドリー君でしょうか。

体力不足のためか、彼は既に肩で息をしています。

「まだ誰も……殺していない……」

呼吸音もヒューヒューしてますが、大丈夫でしょうか彼。

これだけ殺意にあふれてるのに、体力が追い付いていないのは何とまぁ……。

「ようし、戻ったぞ。二つ目の塹壕に、突撃だ！」

「はい！」

そうこうしているうちに小隊長殿が戻ってきました。もう、隣接拠点を制圧したんですね。

ロドリー君は返事だけは素晴らしく良いのですが、明らかに無理をしています。

意地を張らずガーバック軍曹に残らせてくださいと、懇願すれば良かったのに。

せっかく昨日、頑張って治療したのに翌日戦死されるとか悲しすぎます。


そして二層目の塹壕も、小隊長殿はあっさり確保いたしました。

敵の抵抗は想定より激しく、小隊にちらほらと負傷者は出始めていましたが。

「トウリ、残り魔力は？」

「昨晩から、出撃に備え節約させてもらっていました。【癒《ヒール》】を二回、薬を使えば三回はいけます」

「ふうん、なら一回分だけ使ってやれ」

幸いにも、本日の犠牲者は序盤で死んだ一名だけでした。

先ほど銃弾が心臓を掠《かす》め、ほぼ致命傷だったヴェルディ伍長も自分の前線治療で一命をとりとめました。

今すぐ治療しないと死ぬ旨を説明したら、渋々ながら許可が下りました。珍しいもんです。

「小隊長殿、後ろが全然追いついてきてねぇ。潮時じゃないですか」

「アホか、三層目からが本番だろうが。敵の補充兵が手薄になっている今こそ、食い破らんで何時食い破る」

致命傷だったヴェルディ伍長と足を怪我した歩兵の方が脱落し、ガーバック小隊は残り五名。

そして、次の三層目の塹壕からは敵の抵抗が激しくなると予想されます。

なので、此処を確保して戦闘終了、戦術的勝利と行きたいところなのですが……。

「味方が追い付いてきたら、先陣切って突っ込むぞ」

小隊長殿は、ここで引く気はないようです。

「トウリもまだ、走れそうだしな。ふん、芋虫から蟻《あり》んこくらいにはなったか」

「……光栄です、小隊長殿」

ああ、なるほど。今日は自分の体力に余裕があるから、まだ突っ込むおつもりなのですね。

今迄《いままで》は自分の体力に合わせて、前進を止めていたのですね。

「両隣の味方、前進してきました」

「お、やっぱ今日はいけそうだな」

今からでも疲れ果てた演技をするべきでしょうか。

いえ、そんなことをしたらトレーニングをサボったと思われて指導されるでしょう。

「ようし、突っ込むぞ。今日こそ、連邦の防衛線を食い破ってやれ！」

そして、自分は初めて『敵の本気の防衛網』に足を踏み入れることになります。

今迄のように魔砲で十分攻撃された後の塹壕を攻略するのではなく、気合ばっちりの無傷の部隊が待ち構える三層目の塹壕へと。

「行くぞぉ！！！」

……その抵抗の激しさは、自分の予想をはるかに上回る規模でした。

敵の塹壕からパラパラと飛び来る銃弾は、自分の知る世界のものとは違い、正面から見ると七色の色彩を放っていました。

戦場で見た、昼間の塹壕に輝く星空。

それはきっと、この世界の武器が火薬だけではなく魔法も用いた兵器だからなのでしょう。

魔法石の発光は、さまざまな種類があると聞きます。

ただ一見すれば、それはゲーム画面のような鮮やかでポップな光景と言えました。

そう、喩《たと》えるならそれはオーロラです。

不思議で幻想的な虹色の幕が、塹壕の境界を彩るように引かれているのです。

弾けんばかりの喧騒《けんそう》と、溜息《ためいき》を吐《つ》きたくなるような美しい虹色。

それこそが――

「死ぬ気で突っ込めぇぇぇっ!!」

三層目の塹壕に突撃した、自分の見た景色でした。


聞いていたよりも遙かに、ここから敵の抵抗は激しくなりました。

「……ぐぉっ」

まず全員で塹壕を這い出た瞬間、マリュー一等兵が腹を撃ち抜かれて塹壕に叩き落されました。

即死ではないでしょうが、助けるのは難しい致命傷でしょう。

「マリュー分隊長！」

「気にするな、走れぇ！」

これで、残り四人。

そのうち二人は、自分とロドリー……、新兵です。

「雑魚は何も考えず俺について来い!!」

もう、まともな戦力はガーバック小隊長殿とグレー先輩しか残っていません。

こんな様で前進して、どうするというのでしょうか。

「俺が生きていればどうとでもなる！」

ガーバック小隊長殿は、元より一人でこの塹壕を攻略するつもりだったのかもしれません。

部下は単に、自分の背後を固めるための安全装置。

衛生兵《じぶん》を部隊に配置したのだって、

「左足に被弾した！　とっとと治療しろトウリ!!」

「は、はい！」

彼は自身の能力しか信じることができないからこそ、自分《トウリ》という救急箱を用意して、前線で治療しながら突っ込むという作戦を立てたのではないでしょうか。

「【癒《ヒール》】！」

「クスリ飲んどけ、すぐまた使うかもしれん！」

「了解です」

治療中、小隊長殿は足から血を噴き出しながらも、走りを止める気配はありませんでした。

それに合わせて、自分も走りながら回復魔法を行使します。

ガーバックはたった一人、鬼のような形相《ぎょうそう》で痛みを堪《こら》え、この戦場で最も過酷な二十メートルを先陣切って突っ込んでいきました。

「小隊長、腕が、足がっ！」

「死ぬ気で付いてこいグレーェ!!」

ガーバック小隊長に随伴する形でついてきたグレー先輩は、一瞬で血まみれになっていました。

少なくとも三発は、被弾しています。しかし、幸いにも足の傷は掠ったただけっぽいですね。

腕は太い血管をやられてます。致命傷……では無さそうですが、すぐ治療しないとまずそうです。

「貴様には、俺が確保した塹壕を守る仕事がある!!　十分後に死んでも構わんから、今は走れぇ!!」

当たり前ですが、グレー先輩への治療許可はおりませんでした。

塹壕内に入れば止血だけはできるので、どうか耐えてください先輩。


この時、自分たちが走っていた塹壕間の距離は、二十メートルほどでした。

塹壕間の距離は、場所によって差があります。何故なら塹壕は蛇行して掘られるからです。

通常二十メートル走を行ったとすれば、陸上選手なら四秒以内に駆け抜けることができるでしょう。

しかし、自分たち兵士が二十メートルという距離を走るのには物凄《ものすご》く時間がかかります。

何故ならクラウチングスタートなんてできませんし、戦場には鉄条網や魔法罠《わな》などの障害物がありますし、そもそも二十キロ以上ある装備を背負って走らねばなりません。

「グレー、手榴弾投げ込めぇ!!」

「了解!」

それに、こうして塹壕間においても戦闘を行う必要があるからです。

当たり前ですが敵の塹壕に飛び込む前に、塹壕内の敵をある程度始末せねばなりません。

何もせず飛び込んだとしても、その先にあるのは死です。

「投擲！」

グレー先輩は左腕を負傷していたので、口で手榴弾のピンを引き抜いて塹壕に向かって投げました。

手榴弾は放物線を描き、綺麗に敵の潜《ひそ》む塹壕へと吸い込まれていきます。

「[redacted]！」

「ちっ」

しかし残念ながらグレー先輩の手榴弾が、敵を殺すことはありませんでした。

敵の塹壕から風弾《ふうだん》が打ち出され、手榴弾は明後日《あさって》の方向へ飛んでいってしまいます。

前にアレン先輩もやっていた、対空魔法です。

「ガハハハハハハっ！！！」

しかし、ガーバック小隊長は対空されるのも折り込み済だったようです。

彼はその一瞬の隙を突き、一気に速度を上げ塹壕へ乗り込んでしまいました。

一瞬、気を逸らせれば十分だったみたいですね。

「行きますよロドリー君！」

「ぬお、お、お……」

置いてきぼりを食らってしまいましたが、自分たちも遅れる訳にはいきません。

きっと塹壕の中では、もう小隊長殿による制圧が始まっています。

こんな危険な場所で棒立ちしている時間があれば、一刻も早く援護に向かわないと――


「グレー先輩も、早く！」

「……あー、あはは」

だというのに、グレー先輩の返事が弱弱しいものでした。

気になって振り返ってみると、そこには左足の無いグレー先輩が地面に倒れ込んでいました。

「スマンね、俺はもう無理」

「……っ!!」

グレー先輩の、左の太腿《ふともも》から先は焦げて無くなっていました。

まずいです。敵に魔法を撃たれたか、魔法罠に引っかかったのかはわかりませんが、グレー先輩は足を負傷したようです。

「ほら、早く先行けって」

グレー先輩は、自分たちに先行を促します。

しかし、これでは塹壕に入った後の拠点確保ができません。

ロドリー君と衛生兵《じぶん》だけで、拠点防衛とか絶対無理です。

「っ！」

そこまで考えが及んだ瞬間、自分は無意識のうちにグレー先輩に駆け寄って、その肩を担いでいました。

「ちょ、馬鹿！　放って先に行け！」

「貴方を放置したら、小隊長殿の拠点制圧が無駄になるんです」

彼がもう少し、遠い場所で倒れていたら見捨てていたかもしれません。

しかし、幸いにもグレー先輩が倒れていたのは塹壕手前二、三メートルほどの位置。

しかも、目の前の拠点は小隊長が制圧中。攻撃が止んでいる状態です。

救助は十分、可能な状態と判断しました。

「う、ぐ」

「おい、無理すんな！」

しかし彼の身体を担いだ瞬間、自分の判断ミスに気づきます。

グレー先輩の身体が、重すぎるのです。

そう、歩兵は様々な装備を身に着けています。グレー先輩のように体格の良い男性兵士の重さは、百キロ超えるでしょう。

自分のような小柄な女性が、迅速に救助なんてできるはずもなかったのです。

せめてグレー先輩に装備を捨てさせてから、肩を担ぐべきでした。

「まず、一歩……っ」

しかし、やってしまったものは仕方ありません。

ここから数歩だけ、前に歩めばゴールなんです。

グレー先輩の身体を引きずりながら、自分は火事場の馬鹿力で足を踏み出しました。

「お、おお？」

「まだ死なせませんよ、先輩……。拠点内で、自分たちを、守っていただきたいです……」

チラリ、と塹壕内の様子が見えました。小隊長殿が、敵の首を切り飛ばして無双しています。

もう殆ど、敵は残っていなさそうですね。

よかった、これならすぐ飛び込んでもよさそうです。

「十分後に死んでもいいので、小隊長殿が確保した塹壕を、防衛してください。上官命令、ですよ」

「……まだ死ぬことを許しちゃもらえないってか。男使いが荒いぜ、トウリちゃん」

グレー先輩は非常に重たかったですが、頑張って一歩目を踏み出せば、ズルズルと進めました。

彼さえ塹壕内に引きずり込めれば、あとは自分の領分です。

確保した拠点の防衛をしながら、並行して止血治療を行えば良い。

「もう、少し……」

その最後の一歩を踏み出す、直前でしょうか。

迂闊にも自分が警戒を外していた、敵の隣接拠点からの援護が入ったのは。

「────あ」

――――ふわり、と。丸い物体が、自分たちの方へと飛んできました。

自分から見て右側――――敵の隣接拠点の兵士が、塹壕内に飛び込もうとしている自分とグレー先輩をめがけて手榴弾を放ったのです。

その事実を脳が認識した時には、もう手遅れでした。

「手、が」

【盾《シールド》】は間に合いません。

自分は両手を前に突き出さないと、斜めの【盾《シールド》】を形成できないからです。

グレー先輩を背負い、両腕を使っている状況では、無意味な平面の【盾《シールド》】しか形成できないのです。

「どうした、トウリちゃ……」

「あ、あ、あっ！！！」

いえ、そもそも。目と鼻の先に飛んできた手榴弾の爆発を、自分の拙《つたな》い【盾《シールド》】で防げるべくもありません。

この場合、グレー先輩を捨てて避けるしか、自分の生き残る手段はありませんでした。だというのに。ゴールする直前で気が緩んでいたのか、自分は手榴弾が投げられた瞬間に一瞬頭が真っ白になってしまったのです。

――――死。その時自分は、サルサ君のように無残に死んでしまう未来を、はっきりと意識しました。

パニックに陥っていた、と言ってもいいかもしれません。この非常時に、思考を停止させ呆けるなんて無能もいいところです。

ですがグレー先輩にのしかかられ自由に動くことができない状態で、目の前に手榴弾を放られた自分は、ただ迫りくる死を呆然と受け入れるしかなかったのです。

そして世界が、時の流れが、ゆっくりになりました。

走馬灯というやつでしょうか、今までの人生の記憶が噴出してきました。

一方でスローモーション撮影のように、敵の投げた手榴弾が自分の足元へとゆっくり落ちていくのを認識だけしていました。

ああ、こんなにもあっさりと自分は死ぬんですね。

申し訳ありません、サルサ君。せっかく庇《かば》っていただいた命が無駄になってしまいました。

戦争になんか来るんじゃありませんでした。兵士になんかなるんじゃありませんでした。

前世のゲームで、軽い気持ちで人を撃ち殺しまくっていた自分が憎らしいです。

殺してやりたいほどに能天気だったかつての経験から、気軽に志願なんかしてしまった自分の愚かさを呪いたいです。

もう一度、生まれ変わりというものができるなら。

せめて次の人生は、平凡でも良いので戦争がない、平和な世界で生きていきたいものです。

「良ぃモン、見っけたぁ……っ!!」

と、まぁこの時の自分は完全に死を覚悟していたのですが。

その時、過ぎ去りつつあった自分の短い人生の走馬灯に割り込んで、負の感情を煮詰めたような楽しげな呟きが耳元から聞こえてきたのでした。

「良いもんくれて……っ！！！」

「へ？」

そしてスローモーションの世界で、ゆっくりと着弾しつつある手榴弾の脇から、ニュっと手が生えてきたのです。

その手は自分の手榴弾《死》を、地面に落下する直前に掬《すく》い上げるようにキャッチしました。

そして、

「どうもアリガとぉォォオ！！！」

「えええええ⁉」

自分たちに向けて投擲してきた拠点に向け、高笑いとともに投げ返してしまったのです。

さすがの敵も予想外すぎて反応できなかったのか、彼の投げ返した手榴弾は対空されることなく敵拠点の中へと吸い込まれ、激しい爆音を奏でました。

「爆、殺!!　あひゃひゃひゃひゃひゃ！！！」

そう、ロドリー君です。

ロドリー君は何と、自分たちに向けて投げつけられた手榴弾に反応してキャッチし、投げ返すという離れ業をやってのけたのです。

「と、トウリちゃん！　今のうち！」

「は、はいっ！」

ロドリーの神業で生き延びた自分たちは、無事に塹壕内へと進入できました。

自分は無傷、グレー先輩も重傷ですが生きています。

これは……ロドリー君の、大戦果では無いでしょうか。

「む、負傷したかグレー。拠点防衛は可能か」

「左手がアレですが、銃を固定できれば戦えますよ」

「ふん、ならいい。トウリ、止血してやれ」

拠点内ではもう、ガーバック小隊長が敵部隊を殲滅してしまっていました。

小隊長殿はピシャっと、剣を振るって血を飛ばしています。見た感じ、大きな怪我はなさそうです。

「あれ？　もう全員死んでる……」

「ロドリーも無事か。なら貴様ら、全員でここの拠点を防衛しとけ」

「了解です」

「俺も殺したかったなァ」

そういうと小隊長殿は、さっさと隣の拠点に走って行ってしまいました。

相変わらず、凄まじい体力です。

「……」

「んだよ、何見てんだよ」

グレー先輩の処置を行いながら、自分はぼんやりとロドリー君の方向を眺めていました。

いいえ、本当にどうしたもんでしょう。

この前、彼にお礼を言ったら死ぬほど罵倒《ばとう》されました。

ですが、さっきの彼の勇気ある行動には感謝の念が絶えません。

怒られても良いのでもう一度、きちんと謝意を伝えるべきでしょうか。

「……」

……しかし多分、彼的には自分たちを助けたかったんじゃなくて、敵を殺したかっただけなんだとは思います。

だとしたら、お礼なんて言われても鬱陶《うっとう》しいだけでしょう。

そんな、今の彼にかけるべき言葉はと言えば……

「えっと。な、ナイス爆殺、でした」

「は？　何言ってんのお前、殺すぞ」

どうやらこれも、違ったようです。


「痛《い》っつぅ……」

「すみませんが、我慢をしてください」

塹壕に入った後。

自分はロドリー君に周囲の警戒を任せて、グレー先輩の処置を行いました。

先輩の足と左腕は、重傷でした。

　どちらも大きな血管が破れてしまっていたので、止血するために肉の表面をバーナーで炙《あぶ》らざるを得ませんでした。

　神経も焼かざるを得なかったので、恐らく後遺症で動かしにくくなるでしょう。しかしこれが、回復魔法を使えない条件下でできる最大の治療でした。

「じゃあトウリちゃん、そこの土嚢の隙間に銃を挟んでくれ」

「こう、ですか」

「そうだ、そんでもう一個上に土嚢を積んで……」

　グレー先輩の処置を終えた後、自分は先輩の指示通りに銃の固定に取り掛かりました。

　片手でも銃撃できるように、土嚢で銃身を支《ささ》えたのです。

　ロドリー君は新兵なりに、頑張って土嚢の陰に籠もって警戒中です。

「ありがとう、これで上等だ。トウリちゃん、後は俺の後ろに隠れてな」

「よろしくお願いします、先輩」

　自分の拙い出来の銃座を見て、グレー先輩は満足げに笑いました。

　うーん、こういうのも事前に習っておくべきでしたね。

　グレー先輩は上等と言ってくれましたが、自分が不器用なせいで形がとても歪《いびつ》です。

「なぁグレー先輩、もう一個手榴弾ねぇの？」

「ねぇよ、有っても渡さねぇよ。拠点防衛しろって言われたのに、何で攻撃する気なんだよ」

　土嚢の陰に籠もって敵を待っている間も、ロドリー君は殺る気マンマンでした。

さっき爆殺したところじゃないですか。まだ満足してなかったのでしょうか。

「むぅ、じゃあ小隊長に全部殺されるなァ」

「どうして、貴方はそんなに殺意高いんですか？　ロドリー君」

「んなもん、敵が憎いからに決まってンだろ。このチビ」

ロドリー君は、自分の問いに目をギラつかせて答えました。

敵が憎いから、ですか。

「おチビ。お前は、誰か大事な人をサバトの連中に殺されたことは無いのか？」

「……しいて言うなら、この前に幼馴染《おさななじみ》や戦友を」

「じゃ、それで十分だろ。敵を殺す理由としたら」

敵を殺す理由。

そんなこと、考えたこともありませんでした。

何せ自分は衛生兵ですので、直接誰かを殺すような事はありません。

しかし、

「敵を殺す理由くらい持っとかねぇと、いざって時に躊躇《ためら》って自分が命を落とすことになるぞ」

「へぇ。ロドリー、新兵のくせに知ったような口を利くじゃねぇか」

「前の小隊の時に、分隊長に言われた言葉だ。グレーさん、アンタより階級が上のベテランの言葉だ」

「なるほどねぇ」

敵の命を奪わないといけない彼ら歩兵にとっては、『殺す理由』というモノは凄く重要なのでしょう。

「そこで怪我塗《まみ》れで瀕死《ひんし》になってる誰かより、余程頼りになるセンパイだったゼ」

「やれやれ、本当に可愛くねぇ奴だ」

ロドリー君の憎まれ口を、グレー先輩は苦笑して聞き流しました。

いざという時。例えば目の前に敵がいて、自分だけがその敵を殺せる状態にいた時。

果たして自分は、迷わずその敵を殺せるでしょうか。

「……」

「ま、でもトウリちゃんにソイツは必要ねーよ」

「えー。衛生兵だって、ちゃんと殺意を持っとくべきだろ」

サルサ君は、敵の投げた手榴弾で死にました。

それはとても悲しい出来事《できごと》でしたし、今でもたまにサルサ君の死に顔は夢に見ます。

自分だって何度も殺されかけました。敵に、明確な殺意を持って軍刀を振り下ろされたこともありました。

「……自分は」

ですが、どうしてでしょう。自分はあまり、敵の兵士に対して強い憎しみを感じません。

敵を恨《うら》むより、味方の死を悲しむ事の方が多いです。

いいえ、何なら……。大量に死んでいく敵の兵士にすら、悲しみを感じてしまうこともあります。

「自分は、そういうのは……。苦手、です」

「はァ。弱虫ヘタレ」

ゲームの経験で、自分は優秀な兵士になると勘違いをしていましたが……。

どうやら前世の価値観ゆえか、自分は人を殺すことに強い忌避感《きひかん》を抱いてしまっているようです。

いえ、きっと自分は元より兵士向きの性格をしていなかったのでしょう。

そう思い至って凹《へこ》んでいると、グレー先輩は突然に自分の頭を撫でてくれました。

「なぁロドリー。どういう連中が衛生兵になるか、知ってるか」

「あん？　知らネっすけど」

「回復魔法の適性ってのは、『他人を害する気持ち』より『他人を思う気持ち』が強くないと発現しねーらしいんだ」

俗説だけどな、とグレー先輩は笑って、話を続けました。

「トウリちゃんは、きっと性格的に誰かを憎むのが苦手なのさ」

「それ、は……」

「そんな奴に『殺す覚悟』なんざ要らねぇよ。俺ら野蛮人が、守ってやればいい」

性格的に人を憎むのが苦手。

そんなグレー先輩の言葉は、どこか腑《ふ》に落ちてしまうところがありました。

そうです。自分は誰かを、憎むのが苦手なのです。

非常に暴力的で理不尽も多いガーバック小隊長や、自分の寝込みを襲ったナリドメ二等兵。

彼らに対してすら、自分はあまり憎しみを感じていません。

……恐怖を感じては、いますけど。

「ケッ、ようは臆病モンじゃねぇか」

「……ええ、そうですね。自分は、とても臆病です」

「ちっ」

自分はとても怖がりです。それは、この戦場に来て重々に自覚しました。

傷つくのが怖いから、他人と深く関わろうとしなかったり。

殴られるのが怖いから、ガーバック小隊長に逆らおうとしなくなったり。

「そんなにビビりなら病院に籠もってろってんだ。前線に出てくんな」

「オイオイ、恐怖を押し殺してこんなとこまで治療しについてきてくれるトウリちゃんに何てことを。見捨てられるぞ、お前」

「は、戦場で死ぬなら本望。一人でも多く、道連れにして死んでやる」

そんな自分だから、きっと彼は毛嫌いしているんでしょう。

自分は、死ぬのが怖いです。彼のように、死んで本望なんてとても言い切れません。

ですが。ロドリー君のような人こそ、歩兵として素質十分なのかもしれません。

「死ぬなら本望、ね」

そんな強気なロドリー君の言葉を、グレー先輩は憐《あわ》れむように、そして微笑《ほほえ》ましいものを見るかのように見つめていました。

「戻ったぞ」

まもなくして。

ガーバック小隊長殿は、険しい顔をしたまま自分たちの拠点に戻ってきました。

「周囲の拠点を制圧した。後は、味方部隊の前進を待つのみだ」

「お疲れ様です」

「それと腹を撃たれた。トウリ、治療しろ」

ガーバック小隊長はそう言うと、即座に装備を下して上半身裸になりました。

……それは無数の古い銃傷や、切り傷が刻まれた筋骨隆々の肉体でした。

彼の右上腹には赤黒い血種ができていて、ダクダクと血流が零《こぼ》れ出ています。

「……。って、致命傷じゃないですか！」

「ああ、早く治せ」

腹を撃たれたと言うから見れば、それは肝臓《かんぞう》部でした。

触ってみた感じ、腹水で緊満《きんまん》しています。肝臓は間違いなく破裂しています。

なんでそんな身体で歩けるんですか、この人。

「き、緊急手術が必要です。まだ習ってない技術を見よう見まねでやるので、失敗して死んでも化けて出ないでくださいね」

「御託《ごたく》はいらん、失敗するな」

これは、集中治療が要るレベルの大けがです。どれだけ無茶をしたんでしょうか、この人。

躊躇《ためら》っている暇はありません。放っておいたら、小隊長殿は戦死してしまいます。

注射薬で麻酔を効かせた後、自分は主任のやっていた処置を思い出しながら小隊長殿の腹を掻っ捌きました。

「ひ、ひぃぃ……」

「敵が戻ってくるかもしれん、五分以内に処置しろ」

「できる訳が無いでしょう⁉」

血が、滝のように溢れてきます。慌てて傷口を焼きつつ、自棄くそで自分は小隊長の腹に手を突っ込みました。

手術器具なんて持ってきてないので、自分は清潔な手袋を嵌《は》めた手で無理やり肝臓内に残っていた銃弾を摑《つか》みだします。

ついでに、腹の中の出血の激しすぎる血管を焼いていきます。

……今日ほど、自分が小柄であることを感謝したことはありません。この手の小ささが、上手く手術を進めてくれました。

壊れた肝臓のうち、壊死してそうな部位は切り出して繋《つな》がりそうな部分は縫合し、強引にくっつけます。

最後に臨時助手のロドリー君に、生理食塩水を腹の中にぶっかけてもらって洗浄しました。

表面の麻酔しかできていないので、ガーバック小隊長には想像を絶する激痛が走っていると思われますが……。

「あの……」

「俺の顔色を伺う暇があれば、早くしろ」

こんなエグいことをされて、眉一つ動かさず平然と自分を睨みつける小隊長殿が怖すぎます。

小隊長の顔色が変わらなさ過ぎて、今の出血量とかバイタルサインとかが全く分かりません。

むしろ今は、体調を表情に出してください。お願いですから。

「……ふぅ、これで最低限の処置は終えました。後は……【癒《ヒール》】」

「終わりか」

自分はかなり荒っぽく破裂していた肝臓の形を修復し、銃弾を取り出して出血を止めることに成功しました。

後は、うまく回復魔法が作用してくれることを祈るのみです。

こんな超難易度の手術を、素人《しろうと》に毛が生えただけの自分が素手でやってよかったのでしょうか。

スピード重視で突貫工事したため、色々やり残した個所も多いと思います。

「終わり……と、思います」

「ふん」

――【癒《ヒール》】で無理矢理に止血したのも、本当にアレで良かったのか自信がありませ

ん。

そもそも、こんな最前線で手術した症例なんて自分が初めてではないでしょうか。

「もう起きてもいいんだな」

「いえ、小隊長殿の重症度ですと、いかなる処置をしたとしても絶対安静なんですが」

「ふん、確かに楽になっている。これなら先に進めるな」

「絶対安静なんですが」

ヤダこの人、まったく人の話を聞いてくれません。

まだ進む気でいるんですか、小隊長殿。もうグレー先輩も動けませんし、ここで満足しましょうよ。

「小隊長殿。これ以上の前進は、小隊長殿の容態的に困難と愚考します。自分は、本地点の確保をもって戦闘終了を提案します」

「却下だ、この機を逃すわけにはいかん。本日の攻勢は数年ぶりの好機だ」

ここで戦闘終了を提案しましたが、小隊長殿は受け入れてくれませんでした。

最前線で手術してまで、先に進みたい理由とは何でしょうか。

「小隊長殿。好機とは、どういう意味でしょう」

「ふん。トウリ、この戦争の決着をつけるにはどうすればいい？」

「……それは、敵の首都の制圧かと思います」

「んなもん無理だ、現実的じゃねぇ」

ガーバック小隊長は、ギロリと自分を睨みました。

「トウリ、敵陣地の後方には何がある」

「後方、ですか。おそらく敵の治療施設や、食料・武器の備蓄設備などがあると推測されます」

「ああ。それを今日、叩く」

そしてガーバック小隊長は、自分の胸元から小さな瓶を取り出しました。

酒でしょうか。取り出したそれを、ガーバックは無言でグビグビ飲み始めました。

手術直後に、飲酒は……。それも、肝臓破裂した直後なんですけど。

「兵士とて、人だ。飯がなく、手当てもされずとなれば戦えない」

「……」

「貴様が日々安全だと思って過ごしている野戦病院こそ、我々前線兵士にとって最大の攻撃目標なのだ」

止める間もなく小隊長殿は酒を一気飲みし、空きビンをその辺に投げ捨てました。

「非戦闘員であろうと、容赦なく殺すという事でしょうか」

「そうしないと、決着がつかん」

「その好機が、今日だと？」

「ここ数日の連続攻勢で、敵が激しく消耗している。ここ数年で、もっとも防備が手薄な状態らしい」

「……」

「今日、戦線を突破できなければ次のチャンスはいつ来るか分からん。だから、今日は行けるところまで行く」

ガーバック小隊長は、そう言って土嚢の上に腰かけました。

そして祈るように空を見上げ、

「隣接拠点の制圧まではやった、後は友軍さえ俺たちに追いついてくれれば」

と呟きました。


その後は、ひたすらに待つだけでした。

「……また、敵の気配がする。隣を見てくる」

「お気をつけて」

自分は魔力が尽きたので、この場において完全に役立たずです。

「トウリちゃん、ちょっと身体を起こしてくれ」

「はい、先輩」

「サンキュー」

一人で撤退するのは危険すぎますし、かといって武器がないので警戒も無意味です。

なので自分は、腕や足の動かないグレー先輩の介助役になり下がりました。

「まだ、友軍は前進してこないのでしょうか」

「……どうだろうな」

ガーバック小隊長は、あの重傷の身体で時折隣接拠点に足を運び、敵を切り殺し戻ってきました。

そして自分とグレー先輩の正面の土嚢に、無言で座ります。

「指令だ、しばし待て」

「はい」

我々が拠点を制圧し、十五分ほど経過してからでしょうか。

小隊長の持つ通信用の魔道具に、連絡が入りました。

「……そうか、了解だ」

「あの、小隊長殿？」

その指令を受けた後。

ガーバック小隊長殿は、大きく嘆息して空を見上げました。

「撤退だ。本拠点は、破棄する」

どうやら、友軍は……。三層目の塹壕の攻略に、失敗した様子でした。

「破棄、ですか……」

「まもなく、この拠点に敵が再侵攻してくるだろう。荷物まとめろ」

ガーバック小隊長は、悔しそうに拳《こぶし》を震わせています。

これだけの、必死の思いで確保した拠点を放棄しなければならないなんて。

そう思うと自分も、かなりの虚無感に苛《さいな》まれました。

「……ガーバック小隊長」

「何だロドリー」

「この人、どうするんです」

ロドリー君が、小隊長殿の命令を聞いて質問をしました。

この人、とは即ち足を失って倒れこんでいる……

「ふん。グレー、分かってるな」

「ええ、分かってますよ小隊長殿」

グレー先輩の事です。

そうです、誰が彼を背負うのでしょうか。

順当にいけばロドリー君ですが、新兵である彼の体力的に二十メートルも走れるでしょうか。

「こいつは殿《しんがり》だ。ここに放置する」

ガーバック小隊長は、足を失った先輩を一瞥し。

「俺たちが撤退する間、背後を絶対に取らせるな。死ぬ気でここを守って死ね」

グレー先輩に、そう言い捨てたのでした。

人間は死を目の前にして、どんな感情を抱くものなのでしょうか。

ガーバック小隊長は、躊躇う事なくグレー先輩に命令を下しました。

ここで死ね、と。

「了解です、小隊長殿」

先輩は当然のように、小隊長殿へそう返答しました。

自分はその時のグレー先輩の顔を、一生忘れることはないでしょう。

……どうして笑っているのでしょうか、先輩。

「よし、トウリ、ロドリー、ついてこい」

「えっ、あ……っ！」

「俺たちが撤退してる瞬間を、敵は逃すまい。なるべく近隣の拠点が交戦してるタイミングで出る、俺の号令と共に走れ」

小隊長は自分たちを、塹壕の後壁に手招きしました。

自分が死を命じたグレー先輩の方を、一瞥すらしません。

「……ん、はやく行きなトウリちゃん」

「先、輩……」

……自分は、その残酷な命令をされたグレー先輩を呆然と見つめていました。

彼は静かに、自分が固定した銃座の前に胡坐《あぐら》をかいて銃を握っています。

もしかしたらこの時、自分も泣いてしまっていたかも知れません。

「……ああそうだ、小隊長。俺の荷物の中に、家族に宛《あ》てた書きかけの手紙があるんですよ」

「そうか」

「パシるようで申し訳ないんですが、俺の死亡通知と一緒に貼り付けといて貰って良いです？」

「分かった」

たった一人、敵の中に取り残されて捨て駒を命じられる。

それが怖くないはずがありません。恐ろしくないはずがありません。

ですがグレー先輩は、決してそれを態度に出すことはありませんでした。

「そんで最後に。今まで、ありがとございました小隊長」

「ん」

彼はいつも通りに飄々《ひょうひょう》と振る舞っていました。

きっと自分たち新兵が動揺しないように、敢えてそうしていたのでしょう。

「……なぁ、ガーバック小隊長」

「どうした、ロドリー」

「俺、まだ体力に余裕あるスよ」

そんな、グレー先輩をしばらく見つめた後。

自分と同じ新兵《ロドリー》が、ボソリとそう言い出しました。

「俺専用の背中の肉壁として、グレー先輩運んでいっちゃダメですかね」

「駄目だ」

「……どうしてッスか」

「さすれば、貴様の死亡確率が上がるからだ」

自分にはロドリー君のその提案は、凄く意外に思いました。

彼の提案は、明らかにグレー先輩を助けようとする趣旨のものです。

まだ体力がない彼が、強がってまでグレー先輩を背負おうと言い出すなんて。

「……んな事ねっスけど」

「却下だ」

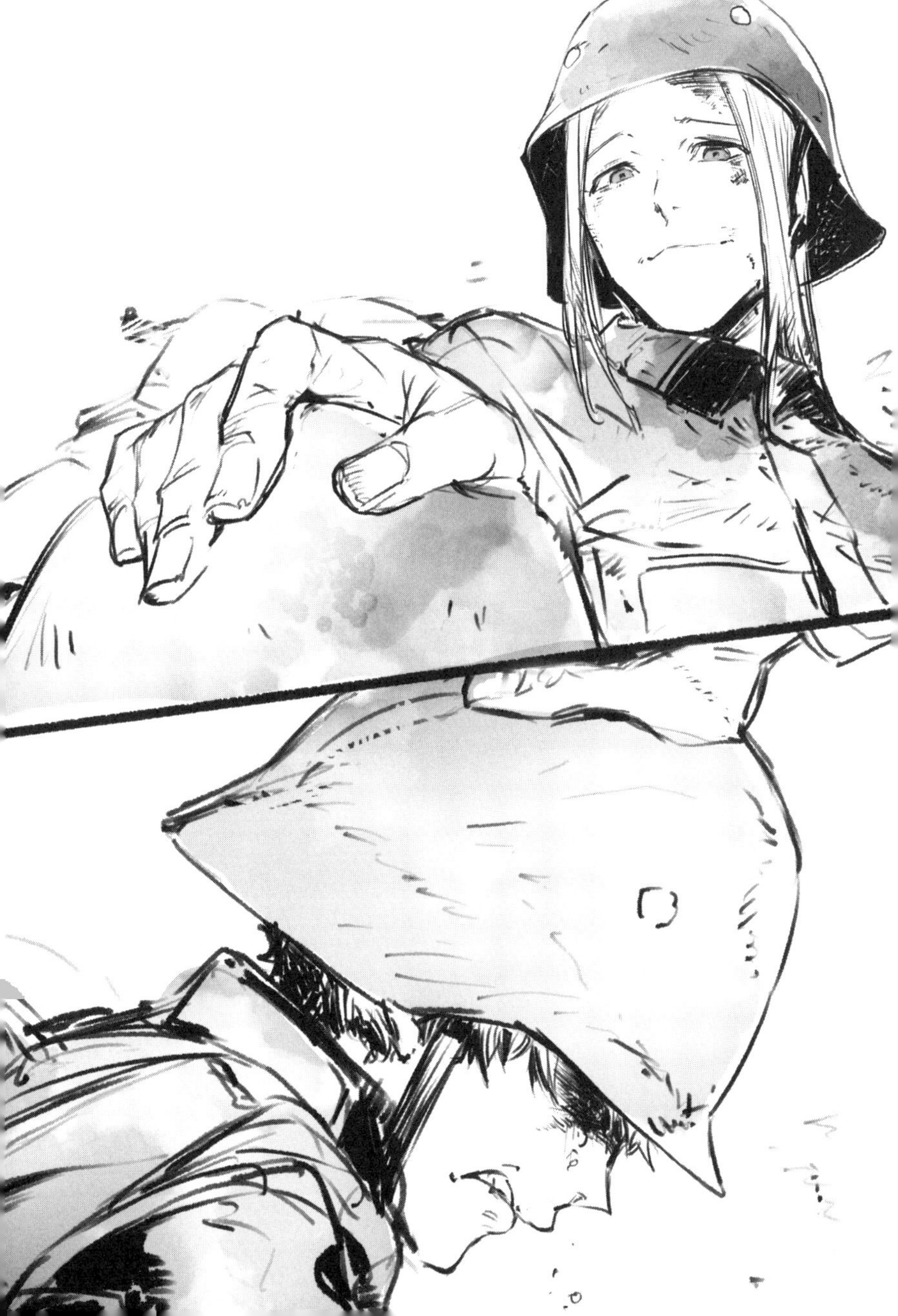

「……」

にべもなく提案を却下されたロドリーは、不満げな顔で小隊長を睨みつけました。

その表情からは、悔しさすら滲《にじ》んでいたように思えます。

「グレーを助けて何になる、足を失ったコイツはもう戦えない」

「……」

……自分はあまり塹壕掘りに参加して無かったので知りませんでしたが、もしかしてロドリー君はグレー先輩と仲が良かったのでしょうか。

多少無理をしてでも、助けたいと思うくらいには。

「俺の事はもう良いよ、ロドリー。そのへんにしとけ、帰ってから殴られるぞ」

「……ふん」

最後にはグレー先輩本人に諭され、ロドリーはそっぽを向いてしまいました。

もしかしたら、彼も泣いていたのかもしれません。

「ああそうだ、ロドリー。最期に、一つ助言しとく」

「……何スか」

「全方位への暴言、やめといた方が良いぜソレ」

小隊長が静かに脱出の機をうかがっている間に、グレー先輩はロドリーに語り掛けました。

それはいつものように、優しく温かい先輩の顔でした。

「お前は俺とよく似てるよ、ロドリー。多分、考えてることも一緒だ」

「……」

「お前さ。前に所属してた部隊の連中とは、かなり仲良くしてたんだろ？　生き残りから聞いたぜ」

そんなグレー先輩の話を聞いて、ロドリーの顔色が変わりました。

ロドリー君と仲良くやれる部隊があったんですね。

もしかして、前の部隊では憎まれ口を叩いてなかったのでしょうか？

「辛ぇよな、仲の良かった奴が殺されんのは」

「……当たり前だ」

「殺してえほどに、敵が憎いよな」

「当たり前だ‼」

……壊滅した部隊の生き残りは、各小隊の欠員の補充として配属されることになります。

ロドリー君がガーバック小隊に配属されてきたということは、おそらく彼の元の所属部隊は……。

「だからだろ？　憎まれ口を叩いて、全方位に喧嘩《けんか》売ってんのは」

「それは」

グレー先輩は、そこまで言った後。

「どうせ死ぬなら誰とも仲良くならない方が、気が楽だって考えたんだろ？」

やはり涙を溢《こぼ》していたロドリーの、頭を撫で始めました。

「でもお前にゃ、その生き方は無理だ。お前は優しすぎる」

「……」

「お前は配属されてからずっと、仲間の動向に気を配ってただろ。また仲間を失うことが、怖くて仕方ないんだろ」

もういいんだ、それはお前の役目じゃない。

そんな先輩の言葉を、ロドリー君は唇を嚙《か》みしめながら聞いていました。

「……まさか、ロドリー君は」

「そういうこと、感謝しとけよトウリちゃん。コイツはずっと暴言吐きながら、自分より非力なトウリちゃんを庇い続けてたんだ。そんな生き方してる奴が、孤独に戦おうなんて破綻してるぜ」

そう聞いて、思い至ることは沢山あります。ロドリー君は偶然だと言っていましたが、彼はもう二度も自分の窮地を救ってくれてました。

それも、これ以上ないという絶妙なタイミングで。

「違う……」

「じゃあなんで、俺を背負って逃げようなんて言い出したんだよ」

彼は、ロドリー君は、自分と同じだったんです。

仲間に感情移入しすぎないよう冷たく振舞い、それでいて甘さを捨てきれなかった。

自分が反射的にグレー先輩を背負ってしまったように、彼もきっと反射的に自分を助けに入ったのです。

本当は誰からも嫌われて、一人でいたいのに。

「違う……、俺は……」

「もっと素直になれ、殻に籠もるな。仲間の死を悲しんで、前に進む強さを持て。これ以上メンタルやられたら、死に直結するぜ」

……その、先輩の言葉が終わった直後。

「今だ、飛び出せ！　全力で走れぇぇぇ!!」

ガーバック小隊長殿の、号令が咆哮《ほうこう》されました。

慌てて自分は、ロドリー君は、塹壕から這い出ます。

そして、小隊長の形成した【盾《シールド》】の中に入って駆けだしました。

「グレー先輩っ!!　俺はァ!!」

「話す暇があれば、足を動かせ間抜け！」

自分はこの中で一番足が遅いです。

なので無我夢中で足を動かし、一秒でも早く安全な味方の塹壕へと向かい走ります。

「嫌だったンだ!!　優しくしてくれた人が、皆死んじまうのはもう――――」

その言葉が終わるかどうか。

グレー先輩の確保している塹壕から、けたたましい銃声が鳴り響きました。

きっと我々が脱出したのを見計らい、敵が詰めてきたのでしょう。

「ウオオオオオオォォォォォォ！！！」

背中から、雄たけびが聞こえます。

それは優しくて、暖かくて、格好の良かったグレー先輩の雄々《おお》しい咆哮でした。

「オオ……オオオ、ォォォォォ‼」

しかしその声は、数秒で掠れるように途切れ始めます。

「……ォ、……」

やがて、何かの爆発音とともに途切れてしまいました。

自分は疾走している小隊長殿の背中を見ながら、嗚咽《おえつ》を漏らし走っていました。

今の声は、もう駄目です。血が肺に入った、末期の負傷兵の出す苦痛の声です。

たとえ今からグレー先輩に駆け寄って、魔力全快で治療をしても助けることは難しいでしょう。

グレー先輩は、小隊長殿の命令通りに時間を稼いでくれました。

自分たちの命を守るため、彼を見捨てて逃げた自分たちのため、必死で応戦してくれました。

彼が命を捨てて稼いでくれた時間は、ほんの数秒間です。

「あと、少し……」

その数秒間で、自分たちは大きく前進できました。

自分たちが、無事に後方の塹壕に飛び込めた後。

「ぅあ、ぁぁぁアァ！」

どこか遠くで、悲痛な断末魔の叫びが聞こえてきました。

「助けて、お母さ《ママ》――――」

最後、微かに聞こえたグレー先輩の断末魔の叫びは。

母親を、呼ぶ声でした。

「小隊長殿、グレー一等兵を捨て駒になさったのですか！」

無事に二層目の塹壕に戻れた自分とロドリー君は、一時間ほど無言でその場にへたり込み続けていました。

そんな抜け殻のようになった自分たちの傍らで、ヴェルディ伍長は憤怒《ふんぬ》に顔を歪《ゆが》めて小隊長殿に食って掛かっていました。

「ああ」

「どうしてこの塹壕の確保で、戦闘を終了しなかったのですか。残存戦力で突破できるはずがなかったでしょう」

「できたさ。俺があと、十人いたらな」

塹壕を飛び出した時に撃たれたマリューさんは、既に死亡していました。

これで、本日の死傷者は三名になります。

「貴方が進軍を思いとどまっていれば!!」

一方で、自分の処置が間に合ったヴェルディ伍長は無事の様子でした。

彼は目を覚ますや否や、状況を把握してガーバック軍曹に詰め寄ったのです。

「明らかに無謀な進軍です。指揮官としての資質を疑います」

「そうか」

「今回の件は報告させていただきます。前線指揮官は、無意味に猪突猛進《ちょとつもうしん》すればいいというものではない！」

「好きにしろ」

伍長は激しく、上官であるガーバックを叱責《しっせき》し続けました。

自分は呆然と、そんなヴェルディ伍長とガーバック小隊長のやり取りを聞いていました。

いろんな感情がマヒしていて、彼らの口論に対し何の感情も抱くことができませんでした。

「すみません、私が被弾して意識を失ってさえいなければ……。ロドリー二等兵、トウリ二等衛生兵、貴方たちに怪我はありませんか」

「……ええ」

やがて小隊長殿にそっぽを向くと、ヴェルディ伍長は自分たちに向かって謝りに来ました。

彼は心底、申し訳なさそうな顔をしていました。

「お二方にも、詳しい状況などを訊きたいのですが」

「……分かり、ました」

「小隊長殿の進軍号令時の損害状況や残存弾数。そして彼……、グレー一等兵は、最期にどのような言葉を仰っていたのか。よろしければお聞かせ願えますか」

「……」

「それも上に、報告するつもりですので」

上官からの問いには、虚偽なく正確に報告せねばなりません。

しかしその伍長の問いに、詳細に答えるだけの元気は自分にありませんでした。

この時の自分は、半ば抜け殻のような状態でした。

「……格好良《かっこよ》かった」

そんなヴェルディ伍長の問いに答えたのは、ロドリー君でした。

「え？　かっこ……？」

「グレー先輩は、格好良かった。ただそれだけだった」

ロドリー君は、拳を握り締めて唇から血を垂らし、絞り出すような声でそう言いました。

自分はここまで激しく泣く彼を見たのは、後にも先にもこの時だけでした。

「あの人は俺みたいに逃げなかった。誰かと仲良くなるといずれ傷つくって知ってるのに、逃げずに最期まで俺みたいなのを支えてくれたんだ」

「……ロドリー二等兵？」

「あの人は納得ずみで逝《い》った。ガーバック小隊長に『ありがとう』って言って、笑って逝ったんだ」

そう零した後、ロドリーはいきなりヴェルディ伍長の胸ぐらをつかみ上げました。

そのあまりの暴挙に、ヴェルディ伍長は目を白黒させています。

「間違っても、グレー先輩の名誉を傷つけるような報告はしないでくれよ伍長……っ！　あの人がガーバック小隊長に無理矢理命令されたとか、不本意に死んでいったとか、そんな先輩の覚悟を侮辱するようなそんな報告はっ!!」

「お、落ち着いてください、ロドリー二等兵」

「俺は、俺はせめて、あの人の名誉だけは守りたいんだ。絶対に、守らなきゃなんねぇンだ！」

「どういうことです、君は何を」

「あの人はガーバック小隊長の命令を快諾し、俺やトウリの撤退を援護するため命を惜しまず戦った」

上官に歯向かうような行動をとったのに、ヴェルディ伍長はロドリー君を叱るそぶりを見せませんでした。

何故なら彼は、

「そんなの格好良いとしか、言えねェだろ……」

ボロボロと、伍長に摑み掛りながら大粒の涙を隠そうともせず泣いていたからです。

「……自分も、同感ですロドリー君」

そしてグレー先輩の言葉は、自分にも大きく刺さっていました。

──仲間の死を悲しんで、前に進む強さを持て。

それはきっと、自分にも欠けていた大事な事でした。

仲間の死を恐れるあまり、心を閉ざしてしまう。そんな新兵は、きっとたくさんいたのでしょう。

しかし、そんな状態で部隊の連携が取れるはずがありません。

背中を預けるに足る、信用できる仲間ではない人間と一緒に戦って、勝てるはずがありません。

「だから、自分たちは。グレー先輩の死を悲しんで、前に進まなければいけないのです」

自分はそこまで言い終わると。

激高しているロドリー君の腕を取り、伍長から引きはがしました。

「ですから、落ち着いてくださいロドリー君。貴方の敵は伍長ではありません」

「……チッ」

「ヴェルディ伍長には、迷惑をおかけしました。ロドリー君はきっと、少し疲れているのです」

「……」

「かくいう自分も、相応に消耗しております。報告は、少し待っていただけないでしょうか」

「え、ええ。そのようですね」

このままロドリー君が揉《も》め事を起こしたら、また小隊長殿に折檻されるでしょう。

大事な恩人を、そんな目に遭《あ》わせたくありません。なので自分は、ロドリー君とヴェルディ伍長の間に入って仲裁しました。

「それと、ロドリー君」

「ンだよ、もう分かったっつの」

そして、そのまま彼の手を取って。

「今日、危ないところを助けていただいてありがとうございました。貴方も、格好良かったですよ」

「……っ！」

臆することなく、ただ真っすぐ、心からのお礼を述べたのでした。


今回の我々の突撃作戦は、大成功に終わりました。

敵の防衛が手薄だったお陰で、損害状況も大したことはありません。

多くの部隊が殆ど損耗《そんもう》する事なく、五十メートル以上の前進に成功しました。

前線兵士は歓喜に沸き、戦友と肩を組んで勝利の歌を口ずさんでいます。

河岸まで戦線を押し返す日も近い、と戦意を高ぶらせていました。

また戦勝の祝いとして、各兵士にちょっとしたお菓子が配られもしました。

攻勢の成功と久々の嗜好品《しこう》に、歩兵たちの士気は高まっていました。

浮かれた空気になるのも、無理はないでしょう。

結果だけ見れば、敵の猛攻を耐えに耐え、兵力を消耗させつつ、少ない損害で距離を取り戻した形です。

文句のない戦術的勝利ですし、大本営もそのように民衆へ発表したそうです。

「……」

しかし、その熱狂の中で。

ごく一部の者は、その様《さま》を見て悔しげに拳を握り締めていました。

昨日の戦果を敗北と捉えている軍人も、僅かながらいたのです。

【四月二十日】

「ロドリー君」

「んだよ、おチビ」

突撃作戦に成功した日の夜は、突撃兵にとっての数少ない休暇となります。

この日の夜も例に漏れず、小隊長から休養が言い渡されました。

「今夜から、隣で寝ていいですか」

「はぁ!?」

「強姦《ごうかん》対策です。今まではグレー先輩にお願いしてましたが」

「……ああ。そゆこと」

しかし前回の休暇とは違い、ガーバック小隊長は宴会《えんかい》を開きませんでした。

何故なら彼は、肝臓が破裂していたからです。アルコールなど論外です。死ぬ可能性もあります。

なので自分は小隊長殿の健康を考え、速やかに病院へ行くよう進言しました。

小隊長自身も今日は宴会する気分じゃなかったようで、自分の進言を聞き「ふん、そうか」と素直に病院まで歩いていきました。

何で歩けるんですかね、あの人。

「構わんが、今夜はいないぞ」

「……はあ」

「アレン先輩に、誘ってもらったんだ」

そう言うとロドリー君は少し気まずそうに、自分から顔を逸らしました。

アレンさんは序盤で負傷撤退していたので、もう治療が終わっているみたいです。

……命に別状がなくて良かったです。

「ちゃんと、そう言うのに付き合うようにしたんですね」

「グレー先輩を見習ってな。俺だっていつまでも子供じゃねぇ」

ロドリー君は憑《つ》き物の落ちたような顔で、そう言いました。

彼は今日で、人としても兵士としても大きく成長したようです。

「で、何処に誘われたんですか?」

「……まぁ、ちょっとな」

ただ、自分に誘われた内容を濁してるあたり、そう言う場所に行くつもりなのでしょうけど。

「ああ、そうだ。ロドリー君、そういう場所に行くなら良い口説き文句がありますよ」

「おい、行き先知ってたのかよ」

「これは以前、とある素敵な方に口説かれた際の言葉なんですが」

……懐かしいです。

そういえばサルサ君も侵攻の後に、先輩に誘われてそういう場所に行ってましたね。

「良い女ってのは、良い男を本能的に見分けるもんさ。つまり君は、良い女って事だ」

「……何だ?　その歯の浮くようなチャラい台詞」

「良い文句だと思いますよ。この言葉をさらりと言えるように、精進してください」

「意外だなぁ。お前、そういうキザ男が好きなんだな」

怪訝そうな目で自分を見つめるロドリーに、自分は微笑みを返しました。


日が落ちる頃。

既に男性兵士たちは、みな何処かへ出払っていってしまいました。

塹壕にはポツリ、と自分一人残されています。

「……」

今日の前線は、戦勝で明るいムードでした。

この空気は、前の戦勝会の時も味わいました。

「人が死んでいるのに、あんなに楽しそうに笑えるんですね……」

今更ながら、自分はこの環境がいかに狂っているかを実感しました。

無論、無傷で進軍に成功した部隊だってあったでしょうけど、そんなのは珍しい例です。

今回の突撃でも、殆どの小隊で誰かしら犠牲者が出たでしょう。

「……」

もう皆、戦友の死なんかには慣れきってしまったのでしょうか。

それとも、悲しいのを隠して明るく振る舞っているだけなのでしょうか。

……だとすれは、戦勝の時の宴会というのは戦友の死を乗り越えるための儀式なのかもしれません。

「……先輩」

自分はまだ、グレー先輩が死んでしまった事を吹っ切れてなどいませんでした。

彼がとても格好よくて勇敢だったことを知る人は殆どいません。

我が軍で彼の最期を知っているのは、小隊長殿と自分とロドリー君だけです。

「………先輩」

兵士にとって、死は救いでありゴールでもある。

グレー先輩自身が言っていたこの言葉に、すがることができればどれほど楽になるでしょう。

自分にはまだ、グレー先輩が殺されて幸せ者だと思うことができません。

「……」

だから、一人で静かに悼《いた》みましょう。

そして明日からは、彼の死を受け入れて乗り越えるのです。

先輩は、あまりに多くのモノを自分にくれました。

自分が辛い時には優しい声をかけてくれて、危ない時には助けてくれて、最期にロドリー君の心も開いてくれました。

彼の死を、そうですかとあっさり乗りきることはできません。

むしろ、したくありません。

なので今日だけは、悲しむことを許してください。

「……」

自分は誰もいない塹壕で、ロドリー君の荷物付近の小さな溝に身体を預け、そのまま眠り始めました。

今なら、良いでしょう。誰も、見ていないので。

そのまま自分は、声を押し殺してひとしきり泣いた後、顔を拭って目を閉じました。

泣き痕《あと》がついていたら、ロドリー君にからかわれてしまいます。

兵士は、常に死と隣り合わせです。

戦場《ここ》で過ごしていると、人の命というモノがどんどん軽くなってくる気がします。

自分はどうして敵と戦い、殺しあわないといけないのでしょうか。

その理由は、きっと遠い昔の国同士の恨《うら》み辛《つら》みで。

そんな『憎悪』は戦えば戦うほど、きっと強まっていくのでしょう。

このまま陣取りゲームをし続けることに、上層部の方々はどのような意味を思い描いているのでしょうか。

何か現状を打ち破るような新兵器を、こっそり開発していたりするのでしょうか。

それとも、ガーバック小隊長の仰っていた通り……。敵陣地を突破して後方を叩けない限り、ずっとこのままなのでしょうか。

「……ふぅ」

一兵卒である自分には、その答えを得る術がありません。

この戦争が終わるまでに、自分は何人戦友を失い、何回泣けば良いのでしょう。

いえ何回、無事に生き残れて泣くことができるのでしょう。

そしていつか自分が死ぬ番になった時。

自分は、どんな断末魔の叫びを上げるのでしょうか。

そんな、答えの出ない問答を頭の中で繰り返し続けている間に。

「……すぅ、すぅ」

何時の間にやら、自分は深い眠りに落ちていました。


時刻は、深夜。

「……あの糞《くそ》ったれども、二度と信用しねぇ……」

昨晩は病院勤務でしたのであまり寝ておらず、そのまま今日の出撃となったこともあり、この日も自分は疲れて深めの眠りについていました。

グレー先輩の死で、精神的にもかなり消耗していたのでしょう。

そのせいでこの晩、自分は少し周囲に鈍くなっていたようです。

「何が天国、だ。あんなおぞましい場所は初めてだァ」

そして後から話を聞いたのですが、どうやら新兵を夜の町に誘って、裸で男色部屋に突撃させるのはガーバック小隊の伝統のようでした。

『誰がそんな阿呆《あほう》な伝統を作ったのですか』と訊いたら、とても尊敬できるチャラい先輩の名前が出てきました。

ロドリー君も例に漏れず、アレンさんの悪ふざけですっ裸のまま男色小屋に突撃させられたそうです。

「げっ。おチビの奴、俺のリュック抱いてやがる……」

そこで為すすべなく蹂躙《じゅうりん》されたサルサ君とは違い、ロドリー君は必死の抵抗を試みたそうです。

そして何とか活路を切り開いた彼は、脱いだ服すら回収せず、そのまま男色部屋から脱出して逃げ帰ってきたのだとか。

「……、起きんなよ……」

とまぁ、これが悲しい事故の原因となりました。

自分の寝相はあまり良くなく、近くにあるものを抱き寄せてしまう癖があったのも仇《あだ》となったのでしょう。

彼のリュックは自分の腕の中で、抱き枕になっていたようでして。

「……ぅ？」

「あっ」

ロドリー君が自らのリュックから替えの服を取り出そうと、自分の腕を摑んだ瞬間。

ようやく、自分は目を覚ましたのでした。

「……」

「……」

まったく事情が分からなければ、この場面はどう映るでしょうか。

客観的に、状況だけ描写しますと。

深夜に全裸のロドリー君が、熟睡している自分に跨《またが》って腕を摑んでいる形です。

「…………」

「待て、違うぞおチビ」

自分は無言のまま、ロドリー君を睨みつけました。

周囲が真っ暗で幸いでした。

そのお陰で、ロドリー君のブツをはっきり見ずに済んだのですから。

「…………」

「誤解だからまず落ち着け。そして、手に持ったリュックを離せ」

「………………………」

「説明する、ちゃんと話すからまずは冷静に」

ロドリー君はこの時『冷静に』と連呼していましたが、テンパっていたのはむしろ彼の方でしょう。

この時の自分は、実は冷静でした。

ロドリー君もかなり若いし、性欲とかもて余してたんだろうなとか。

自分みたいな未発育女性が趣味だったのかなとか、様々な誤解をしてはいたのですが。

まずは話を聞いてみよう、くらいの気持ちではいたのです。

問題は、

「何をしてるんですか、ロドリー二等兵……？」

「げ、ヴェルディ伍長!?」

その時タイミング良いのか悪いのか、ヴェルディ伍長が目を覚まし、様子を見に来ていた事でした。

「………はぁ。君は、ナリドメ君の件を覚えていますか」

「待って、誤解だから、弁明させてくれェ」

「若い情熱をもて余すのは仕方ありませんが、戦友にそのような獣欲を向けるのはどうかと思いますよ」

「あ、いや、違」

なぜヴェルディ伍長だけ此処にいたのかと言えば、彼は夕方からはずっと、上層部のテントでガーバック小隊長の件の報告をしていたからだそうです。

それで疲れてしまったので、買春には行かずこの塹壕に戻ってきて寝ていたとの話でした。

「……その。自分としてはロドリー君に命を救われた恩もありますし、不本意ではありますが、軍規に抵触しない程度で協力を求められるのであれば……」

「違うっつってんだろおチビ！　いやこれは、だからな⁉」

「良いから服を着てくださいロドリー二等兵。くわしく事情を聴取します」

「服が着たいんだよ俺もォ！」

そして、この後しばらくヴェルディ伍長によるお説教が始まったそうです。

自分は眠気が勝ったので、伍長に断って再度スヤスヤ寝入りました。

結局、彼の弁明により誤解はすぐ解けたようです。

戻ってきたアレンさんの証言と、再度寝入った自分が彼のリュックを抱き抱えていた事から、ロドリー君の弁明が信用に足ると判断されたそうです。

しかし、彼はしばらく小隊の先輩から『エロドリー』なる不名誉なあだ名で弄《いじ》られるようになりました。

「……速やかに小隊に馴染めて良かったですね」

「……」

勿論《もちろん》それは先輩らの冗談ですし、自分たちに向かって話しかけてくるようになったロドリー君を可愛がっている形なのでしょう。

これまで散々、先輩方に舐《な》めた口を利いてきた彼への意趣返しの意味もあったのかもしれません。

その結果、軍隊ってのは理不尽な組織だと、ロドリー君は自分にボヤくようになりました。

「大丈夫ですよ、自分はエロドリー君だなんて思っていませんから」

「うるせェ」

そして、せっかく開きかけていたロドリー君の心は、再び固く閉ざされました。

ロドリー君は存外に、真面目《まじめ》な性格のようです。

一九三八年　夏　3

TSMedic's Battlefield Diary

その手記に記された攻勢は、やはり私の知る四月攻勢の結末と一致していた。

サバト軍の仕掛けた四月攻勢は、大失敗に終わった。

連続で攻勢をかけたせいで防衛戦力が手薄になり、反撃を受け戦線を大きく押し戻されてしまったのだ。

その戦報がサバト本国に届くと、ますます民衆の不満は高まった。

過激な反戦思想が幅を利かすようになり、治安は急速に悪化していった。

この四月攻勢こそ、サバトという国の最初の失策だったと言えよう。

「此処《ここ》からしばらく、穏やかな日が続くな。やはり、この日を境にサバト軍の攻勢が止《や》んだようだ」

四月攻勢の後、サバト軍は攻勢に出なくなってしまう。

それは、当時のサバト軍司令アレックス・エーフェルトが、政府に対しストライキを決行したからだ。

オースティンの反撃は凄《すさ》まじく、もしかするとあと一歩で戦線を食い破られていたかもしれなかった。

現場の兵士は元々、政府の都合に振り回されるのにうんざりしていた。

四月攻勢の失敗を受けて、アレックスはこれ以上政府の無茶振りに付き合っていたら祖国が滅ぶと判断したのだ。

「手記の内容が訓練の愚痴とか、仲間との親交ばかりになっている」

ここから半年ほど、西部戦線は平和だったはずだ。

この手記でも、四月十九日の防衛戦を最後に平和な日常が綴《つづ》られるようになっていた。

アレックスは政府からの攻勢命令を一切拒否し、西部戦線に強固な防御陣を敷いたという。

オースティン軍も、彼の敷いた強固な防衛網を見て攻勢に出られなかった。

なのでここから半年ほど、交戦の無い日が続くことになる。

「ふむ。やはりこの手記が記されたのは、あの最悪の一年に違いあるまい」

ここまで読んで、私はそう確信した。

この手記に書かれた内容は、自分の知る歴史と一致している。

そしてこの一年から、歴史が大きくうねりをあげ始める。

当時のサバト連邦の政治家は『倍近い兵力差があるので、犠牲さえ気にしなければ力押して勝てる』と考えていたらしい。

東西戦争以前は銃火器なんてものはなく、平原で白兵戦をやるのが主流だった。

そんな時代に生きていた政治家は『倍近く兵力差があって何故《なぜ》押し切れないのか』といつも軍部を批判していたそうだ。

しかし少しでも塹壕《ざんごう》戦を知っていれば、その批判に『何をアホなことを』と言いたくなるだろう。

塹壕越しに敵と戦えば、攻撃側に凄まじい損害が出る。

防衛側がほぼ無傷のまま、突撃部隊だけ壊滅させられるなんて事もざらだ。

倍程度の戦力差なんて、塹壕戦の前では無力に等しい。

現場を知るアレックス司令は、戦力差を利用し時間をかけて堅実に前進していく方針を主張した。

しかしサバトの政治家たちは、そんな悠長な提案を受け入れることはできなかった。

当時サバトでは民衆の不満が日に日に高まっており、いつ爆発するかわからなかった。

もうすぐ戦争は終わる、勝てば裕福な暮らしが待っている、そんな甘い言葉で民を慰撫《いぶ》するのも限界が来ていたのだ。

そしてストライキ敢行から数か月。とうとうアレックスは更迭となり、代わりの司令官としてブルスタフ・ノーヴァという男が前線に送られることになった。

彼は政府に忠実で、かつ兵士からの信頼も厚く頭の切れる、優秀な男だった。

しかし優秀なブルスタフであっても、政府からの『半年以内に勝利せよ』という無茶振りには頭を悩ませたらしい。

十年以上決着がつかなかった戦争を、たった半年でどう終結させろと言うのか。

はっきり言って、無理難題であった。

そんな状況で彼は、とある奇想天外な論文に目をつけた。

その論文著者の名は、シルフ・ノーヴァ。それはブルスタフの娘で、士官学校を首席で卒業した天才少女だった。

彼女はその論文で、自らの作戦を実行すれば一か月と掛からず戦争に勝利できると主張した。

無論、そんな夢物語を誰も鵜呑《うの》みにはしなかった。

彼女の書いた論文は当たり前のように棄却《ききゃく》され、彼女の自室に転がっていた。ブルスタフも期待せず『アイデアの足しになるかもしれない』と気晴らしのつもりで読んでみたそうだ。

しかし彼はその論文を読み終えた後、作戦の内容を真剣に検討し始めた。

もしかしたらこの論文は、正鵠《せいこく》を射《い》ているのではないか。そう思わせる何かが、彼女の主張にはあったのだ。

政府からの要望に追い詰められていたブルスタフは、その娘の論文の手直しを行い、参謀本部で発表してしまった。

そして、季節が秋に移り変わったころ。

サバト軍参謀本部はブルスタフ主導の下、若冠十五歳の少女の論文を軸にした作戦を敢行する決定を下してしまう。

そして論文の著者であるシルフも、参謀将校の一人として前線に出向くことになった。

そんな彼女の主張した、まともな軍人が見れば卒倒しそうな作戦の内容と言えば。

――――この西部戦線の全戦域での、同時侵攻作戦。

ここまで広範囲の攻勢だと魔石も魔砲兵《まほうへい》も足りないので、準備砲撃はごく短時間しかできない。

ならば準備砲撃を殆ど行わず、戦力を分散させて平べったく侵攻するという内容だった。

狂気の沙汰とはこのことだろう。

塹壕戦は、攻撃する側が不利。敵の籠《こ》もる塹壕に向かって、魔法の援護もなく突撃するなど愚の骨頂。

その作戦内容を聞いた前線の人間は皆、顔を真《ま》っ青《さお》にして参謀本部の決定に猛反対したという。

そんな事をしたら十八万人のサバト兵の死肉が戦線にならび、一気に首都まで占領されると涙ながらに訴えた。

前線指揮官の一人に至っては、ブルスタフを諫《いさ》めるためにその場で腹をかっさばいたそうだ。

しかし、作戦立案者のシルフはそんな指揮官たちの様子を見て、

「突破が不可能という思うのは、今まで君たちが怠慢《たいまん》に戦っていたからだろう」

と嘲笑《ちょうしょう》したらしい。

かくして、戦史に燦然《さんぜん》と名を残す愚将シルフ・ノーヴァがついに歴史の表舞台に立つことになる。

後世にシルフ攻勢と呼ばれる悪魔の作戦が、平穏の裏で少しづつ練り上げられていたのだ。

「……だが、確かシルフ攻勢は九月だったな。まだまだ先だ」

そのシルフ攻勢の日の日記まで読み進めようとしたが、さすがに眠くなってきた。

時計を見れば、既に日付が変わっているではないか。

せっかくの貴重な資料を、急いで読み終える必要なんてないだろう。

まだまだ休暇はたっぷりある、楽しみはとっておくべきだ。

そう考えて、私はベッドの中に意識を投げた。


「いや、早く届けてあげなさいよ」

翌日。私は朝食を食べながら手記を読み進めていたら、私はホテルの客にそう説教をされた。

「遺族がいつまで生きているかわからないんだ、あんたが読みふけっている間に死んでしまうかもしれないんだよ」

「そんな事は滅多《めった》にないだろう。それに、これからいいところなんだ」

「そもそも私なら、戦死した家族の日記を興味本位で読まれたくないね。遺族の許可を得るのが先じゃないのかい」

その客の説教はなるほど、その通りだった。

私は自らの好奇心を満たすため、故人へ敬意を失っていた。

この日記は本来、彼女の育った孤児院の院長に届けねばならないものだ。

そして続きが読みたいのであれば、その院長先生の許可をもらうべきだろう。

「ノエル孤児院、だったか。ここからノエルは随分《ずいぶん》遠いな」

「役所に届ければ、送ってくれるよ」

「そうか……」

この手記を届ける先は、ノエル孤児院の院長だった。

日記の最初にそう書いてあった。

貰《もら》えた休暇のうちにノエルまで移動して、戻ってくることはできるだろうか。

日程的に、それは厳しそうな気がする。

「……君の言う通りだ、この手記は役所に届けよう。これは私が読むより先に、遺族が読むべきだ」

「そうさね。何だい、物分かりが良いじゃないか」

「私はちゃんと、この地で散った英霊に敬意を払っているつもりだ」

ならば私は、断腸の思いで諦めてこの手記を遺族に届けよう。

そして手紙を添えて、良ければ読ませてもらえないかとお願いしておくに留めよう。

それが、遺品を拾得《しゅうとく》した私が通すべき筋である。

「役所の場所を教えてくれないか」

「ああ、それならメインストリートをまっすぐ進むと良い」

「ありがとう」

こうして私は後ろ髪をひかれながら、手記を持って役所に向かった。


役所は古ぼけた石造りの、飯屋と変わらないつくりの建物だった。

その入り口にとって付けたような受付が設置され、意外にもそれなりに賑《にぎ》わっていた。

周囲を見渡すと、遺品を届け出している人間がチラホラいた。

遺品の届け出は、珍しくないらしい。

役所の受付で手慣れた案内を受けて、私もその手記を届け出た。

「この遺品は、もし遺族が見つからなければ貴方《あなた》が受け取れます。それを希望するのであれば、連絡先を教えていただけますか」

「喜んで」

女役人の勧めに従って、私は役所に連絡先を届け出た。

本来であれば、私はこの遺品がしっかり遺族のもとに届けられるのを願うべきだろう。

しかし私の内心には、遺族が見つからなければいいのにとの願いが浮かんでしまった。

私はそんな自らの浅ましさに気づき、自嘲した。

「では、遺品の回収にご協力ありがとうございました」

私は窓口で頭を下げる女役人に手を振って、役所を後にした。

まだまだ休暇は長い。あの手記の他にも、素晴らしい遺品が見つかるかもしれない。

そして今日も、私はスコップを背負って戦場跡地に赴いた。

昨日読んだ平和な期間の手記の内容を、頭の中に思い浮かべながら。

西部戦線 3

TSMedic's Battlefield Diary

【七月十三日】

「……お疲れ様。トウリちゃん、休憩《エッセン》入って良いわよ」

「ありがとうございます」

敵の攻勢がピタりと止《や》んでから、もう数カ月になりました。

サバト兵は強固に防備を固め、今日も動く気配がありません。

自分はガラガラの病床の脇で、ゲールさんや病床主任さんと紅茶をいただいていました。

「ほんと、最近は平和ね。このまま終戦にしてくれないかしら」

「どっちにしろ、俺はもう兵役が終わります。終戦になろうがなるまいが、この地獄とはお別れです」

「羨ましいわ」

ここ数か月は、何も変わったことはありませんでした。

強いていうなら、ゲール衛生部長が『自分を衛生部へ所属替えする』要望を棄却《ききゃく》され荒れたくらいでしょうか。

彼女から話を聞いたところ、どうやら自分がガーバック小隊長殿を救命したことで『エース部隊に衛生兵を所属させる価値はあるのではないか』という議論が起こったようです。

要は自分の自業自得です。

「故郷に戻れるのは羨ましいです」

「トウリちゃんには兵役終了とか無いものね。志願だから」

「はい」

自分は最近、衛生部で黒い噂《うわさ》を聞きました。

ガーバック小隊に自分を所属させるよう推したのは、他ならぬゲール衛生部長らしいです。

その理由は、自分が見るからに小柄で体力がなく、後腐れの無い孤児だから。

自分が突撃部隊に所属すれば、すぐに死んでしまうと予想されました。

そうなれば、ゲールさんは『ほら、前線に衛生兵を出したから』とガーバック小隊長に言えるわけです。

その噂が本当だとしたら、ゲール衛生部長さんは物凄《ものすご》く腹黒い人になります。

「ほら、この茶葉は町で買ってきてもらったの。トウリちゃんもどうぞ」

「ありがとうございます、ゲール衛生部長」

しかし、噂は噂。自分の目の前にいるのは、いつも優しい美人なゲールさんです。

あまり、気にしないようにしましょう。

もしそうだとしても、それが彼女なりにできる最大限の抵抗だったのかもしれませんし。

「俺も貰《もら》っていいですか」

「ああ、主任。どうぞ」

ここ数か月、野戦病院は平和そのものです。

優雅にも、ティータイムを楽しむ余裕すらありました。

入院者も片手で数えるほどしかいなくなり、来院者もだいたいが外傷ではなく伝染病という有様です。

今までの忙しすぎる日々から一転し、天国のような勤務状況でした。

まあ、自分は小隊長にトレーニングを課されていたので結構忙しかったんですけども。

「見てくれ、トウリちゃん。娘の写真だ」

「おお、なんと。主任は結婚されていたのですか」

「ああ。あと二か月だけ頑張れば、俺は娘に会えるんだ」

最後に会ったのは二歳のころだったか、パパの顔を忘れてはいないかな。

そう言って、主任は珍しく上機嫌で惚気《のろけ》ました。

「三年ぶりに会うんだ。帰る前に何か、良い土産《みやげ》を買って帰ってやらんとね。たしか近場の街に、人形の有名な店があったはずだ」

「ああ、自分も聞いたことがあります。マリオネット商店ですね」

「たんまり退職金をいただいて、娘に良いお人形を買って帰ってやろう。きっと喜んでくれる」

そろそろ、自分がこの最前線に配属されてから、半年ほどになります。

近頃の戦場は、不気味なほどに平和でした。

その平和は自分たちの戦闘区域だけではなく、全戦線にわたっていたようでした。

我が軍の攻勢は何度か行われていたのですが、敵の固すぎる防備を前に損害が増えるだけであり、やがて行われなくなりました。

あまりにも戦闘が減ったので、兵士たちの間では『もしかしたら両国間で、秘密裏に和平交渉が進んでいるのではないか』という憶測も飛び交っています。

その噂が真実であることを祈るのみです。

【八月一日】

今日も、平和な風が塹壕《ざんごう》に吹いていました。

「トウリー。一投目いくぞー」

「お願いしますアレンさん」

ふわりとした軌道で、手榴弾《しゅりゅうだん》が自分の籠もる塹壕に投げ込まれました。

自分は慌てず落ち着いて、木製の銃を手榴弾に向け構えます。

「……【風砲《ウインド》】！」

「お見事、やるじゃねぇか」

その銃────通称「風銃《ふうじゅう》」と呼ばれる兵器から噴出された風が、手榴弾を遠くへ吹き飛ばしました。

アレンさんは自分の成果にヒューと口笛を吹き、パチパチと拍手してくださいました。

「しっかり真ん中に当てられてるみたいだな。この手榴弾の模型は、本物と同じ重さになってて吹き飛ばしにくいのに」

「恐縮です。……ふわりと投げていただいたので、よく狙えました」

「安心しろ、戦場でもだいたいはふんわり投げてくる」

戦場で手榴弾を投擲《とうてき》する際は、山なりの軌道が推奨されます。

低い軌道で投げると、うっかり自分や味方の近くに着地して爆発してしまう危険があるのです。

そんな事は起きないだろうと思うかもしれませんが、

「反応さえできるなら、低い軌道の方が撃ち返しやすい。そっちの訓練も後でやるぞ」

「はい」

この世界の戦場には、手榴弾を撃ち落とせる【風砲《ウインド》】という魔法があります。

【風砲《ウインド》】は魔力と魔法具があれば誰でも撃てる魔法で、ブワっと凄い風が吹きます。

これが結構な風圧で、手榴弾くらいならあっさり押し返してしまいます。

「確かに、軌道が低い方が狙いやすいです」

「高さの調節が雑で良いからな。焦って狙いがずれても何とかなる」

この魔法が存在するせいで、手榴弾を低い軌道で投げてしまうと自分の近くに弾き返される可能性があるのです。

手榴弾はなるべく山なりに、そして味方から遠くに投げるのが基本です。

「新兵に手榴弾持たせたら、だいたい低い軌道でぶん投げて部隊を危険に晒《さら》す。だから新兵には手榴弾を持たさない」

「なるほど」

「こうやってふんわり投げるのにも、訓練がいるのさ」

山なりの軌道で、狙ったところへ投げ込むのは結構難しいそうです。

歩兵が二等兵から一等兵になるには、この手榴弾の扱い方を学ぶ必要があるのだとか。

「ようし、合格点を出しておく。この風銃は、今日からお前が管理しろ」

「了解しました。ご指導ありがとうございました」

「おう」

　この風銃という武器は、信号銃のような形状の木でできた銃でした。

　これが、自分にとって唯一の『武装』と言える支給品です。

　本来、衛生兵である自分に武器は支給されません。

　オースティン軍は衛生兵の戦闘行為を禁止しており、衛生兵が小銃や手榴弾などを持つのは軍規違反になるのです。

　何故《なぜ》そんな規則があるかといえばというと。

　それは百年以上前、重騎兵がその防御力ゆえ致命傷を負うことが少なく、最強の兵科とされていた時代。

　当時のオースティンの大将軍は回復魔法使いだけで重騎兵を育成し、不死の軍隊を作ろうとしたそうです。

　しかし、その結果はさんざんでした。

　回復魔法使いは戦闘向きの性格をしていなかったので敵前逃亡したり、逆に逃げる敵を見逃したりと大した戦果を挙げられませんでした。

　しかも戦線から撤退する際、体力のない回復魔法使いたちの大半が逃げ遅れて殺される結果となりました。

　当時でも貴重だった回復魔法の使い手を多量に失い、オースティン軍は物凄い痛手を負ったのです。

それ以降、オースティンではその失策を教訓とし、衛生兵に戦闘させるのを禁止しました。

その時代の煽《あお》りで、自分は武器を持たせてもらえないんですね。

しかし、『風銃』は単に風を飛ばすだけの魔法具です。その主目的は手榴弾への迎撃であり、いわば防具に分類されます。

衛生兵に支給された前例もあるそうで、自分にも風銃を持つ許可がおりました。

「これで次から、俺一人で小隊長殿のお叱りを受けずに済む」

同時に自分も、手榴弾攻撃に対して一定の責任を負う事となりました。

つまり前のアレンさんみたいに、敵の手榴弾に気づけなかったらタコ殴りにされます。

頑張って訓練を積んだのに、殴られるリスクが増えるとはこれいかに。

「でも、よく短時間でここまで上達したもんだ。案外、歩兵も向いてるんじゃねぇかトウリ」

「こんな小柄で貧相な兵士を捕まえて何をおっしゃいますか」

ちなみに、自分が風銃を扱う訓練をしているのは小隊長殿のご指示です。

どうやら自分は、かなり手榴弾に対する反応が良かったそうで、

『風銃を扱える人間は一人でも多い方がいい。やれ』

『ありがとうございます、光栄です』

と、先週に小隊長からパワハラを受けたのでした。

自分は手榴弾に、嫌な思い出がたくさんあります。

サルサ君を失った時も、小隊長にタコ殴りにされたのも、グレー先輩を背負っている時だって手榴弾で死にかけました。

ロドリー君がいなければ、自分は手榴弾で命を落としていたのです。

そういった経験も、手榴弾に対する敏感さに一役買っているのかもしれません。


「あ、悪戯《いたずら》でも人に向けて撃つなよ。耳に入ると鼓膜が破れる」

「はい」

ちなみに風銃に殺傷力は殆《ほとん》どありません。ブワって凄い風が吹くだけです。

至近距離で撃てば、敵のバランスを崩すことに使えなくもないくらいの威力です。

ですがわざわざ風銃を敵に撃つくらいなら、実弾を撃った方が百倍効果的です。


【九月三日】

とうとう、自分に後輩ができました。

ガーバック小隊に新兵が二名、配属されることになったのです。

名前はそれぞれゾイドさん、ケルビンさんと仰《おっしゃ》るそうです。お二人とも、ロドリー君と同い年の若い男の子でした。

ロドリー君は初めての後輩を気にかけ、何かと世話を焼いているみたいでした。

「おうおチビ、ちっと新兵共の訓練に付き合ってくれないか」

「自分がですか？」

「あいつら体力が無さ過ぎる。お前みたいなチビですらこなせる訓練ができねェ。だからちょっとな」

そして本日、自分は彼に訓練に誘われました。

自分やロドリー君はガーバック小隊長の言いつけで、毎日トレーニングをこなしてきました。

平和な期間こそ訓練するべきだと言われ走り続け、ここ半年でかなり体力が付いたと思います。

「やることはいつもの訓練だ」

「分かりました、ではゲールさんに訓練日として休暇を申請しておきます」

「頼むぜ」

最近は申請すれば、簡単に休暇を取れるようになりました。

特に前線部隊所属の自分は、訓練をしたいと申請したらほぼ休めます。

最近はめっきり負傷者が減ったので、病院は暇なのでした。


「えっと、ゾイド二等兵です。今日はどうもよろしく」

「あー、この先輩もやんの？　できんの？」

「敬語使えコラ。このチビは一等衛生兵、お前らより階級上だぞ」

こうして自分は、久々に小隊の仲間と訓練を行いました。

新兵二人は、自分が訓練に参加すると聞いて怪訝《けげん》な顔をしました。

なんで衛生兵が訓練するんだ、という顔です。

「自分は歩兵ではないので、銃を使った訓練は行いません。体力訓練だけご一緒させていただきます」

「よろしくお願いします」

「あー、よろしく、うっす」

ゾイドさんと言う新兵は礼儀正しそうですが、ケルビンさんはかなりガラが悪い人でした。

ケルビンは自分を見て敬語を使っていますが、かなり舐《な》められている感じがしました。

「おう、じゃあ始めんぞ。まずはランニングからだ」

「はーい」

「了解です」

ケルビンの態度を見て、ロドリー君が自分を訓練に呼んだ理由が何となく想像つきました。

まぁロドリー君には多大な恩がありますし、おとなしく付き合うとしましょう。

「ランニングの次は体幹トレーニングだ！　背筋二百回！」

「は、はいぃ！」

「まだまだへバんじゃねぇぞ！　ゾイド、動きが遅くなってる！　スピード上げろ！」

「すみません！」

「ケルビンは頭が上がってねぇ！　最初からやり直し！」

「そんなぁ!!」

歩兵訓練は、決まったメニューがあります。

ランニング、筋トレ、匍匐《ほふく》前進に近接格闘、そして銃撃です。

銃を使った訓練や近接格闘は小隊長が監督してくださいますが、それ以外の訓練は「勝手にやってろ」と言われています。

そして午前中に基礎訓練のノルマをこなし、午後からガーバック小隊長に鍛えてもらうのです。

まぁ自分は衛生兵なので、ランニングと筋トレだけしかやらされませんが。

「オラ、新兵ども！　ヒィヒィ喘《あえ》ぐ暇があるならとっととノルマ消化しろ」

「ひぃぃ……」

「隣を見てみろ！　お前らよりチンマイ衛生兵が、涼しい顔でもうノルマ終えるぞ」

「うっそだろ!?」

そしてロドリー君が自分を訓練に誘った理由は、恐らくこれでしょう。

彼は、小柄で幼く見える自分が訓練をこなすところを見せて、新兵を焚《た》きつけたかったのだと思われます。

実は結構自分もキツいと感じているのですが、人からは涼しい顔をしているように見られるみたいです。

　表情が乏しいのが原因かもしれません。

「訓練ノルマ、一周目終わりました」

「お疲れさん。だがすまんなおチビ、新兵共が追い付いてねぇんだ。少し待ってくれ」

「了解です、エロドリー君」

　自分の幼い容姿を利用されるのは少し気になりますが、新兵が奮起《ふんき》してくれるなら我慢しましょう。

　ロドリー君は先輩として、新兵が生き延びる確率を少しでも増やそうとしているのです。

　その他人想いな気持ちに協力するのは、やぶさかではありません。

「エロドリー……？　ロドリー先輩、何かやらかしたんです？」

「ええ、それは忘れもしません。突撃作戦を終えた日の深夜、彼はおもむろに全裸で自分に跨《また》がって────」

「おいチビ、テメェ！　下らねぇ噂を垂れ流してんじゃねぇぞ！」

「名前で呼んでほしいなら、ロドリー君も自分を名前で呼ぶべきです」

「テメーなんかチビで十分だ！」

　エロドリーというあだ名の由来を解説しようとしたら、彼は顔を真っ赤《か》にして自分の口を押えました。

　……後輩の前で、少しからかいすぎたでしょうか。

「ロドリー先輩パネェ……」

「……えー」

「何見てんだ、訓練ノルマ倍にすっぞ！」

「す、すみません！」

ゾイド君の方は自分とロドリー君を交互に見て、顔を赤くしています。誤解されたっぽいですね。

後で誤解を解いておきましょう。

「お前な、おチビ……」

「痛《いふぁ》いです」

ロドリー君は大層お怒りで、自分の頬をつねりあげました。

後輩の前でチビ呼ばわりされたので、意趣返しでからかっただけでしたが……。

ロドリー君は自分がからかわれるのに、あまり慣れていないみたいですね。

今度から気を付けましょう。

「いやぁ、マジ尊敬っすよロドリーさん」

「何がだよ」

「ロドリーさん男もイケるって聞いてたんすけど、ガキもイケんすね。守備範囲どこまでなんです？」

「誰だそんなデマを広げやがった奴《やつ》は！」

そんなギャアギャアと騒がしい自分たちの様子を、ノルマを終えて休んでいたアレンさんが爆笑しながら眺めていました。

なお自分をガキ呼ばわりしたケルビンには、追加でノルマを一周増やしておきました。

気にしてませんが、上下関係を理解させるという意味で罰則は必要です。

年下であろうと、階級が上の先輩に舐めた口を利いてはいけないのです。


【九月三日　深夜】

なんだか、嫌な予感がして目が覚めてしまいました。

自分でも理由が分からないのですが、先ほどから胸騒ぎがして上手《じょうず》に息ができないのです。

怖い夢でも見てしまったのでしょうか。

特に思い当たる節もないのですが、不安が胸を包んで消えません。

「……ぐぅぐぅ」

自分の隣には訓練を終えたロドリー君が、ぐぅぐぅイビキをかいて寝ていました。

今日は平和な一日でした。訓練は過酷でしたが、得るものも多くありました。

新兵二人ともコミュニケーションが取れて、それなりに仲良くなれた気がします。

だというのに、この胸騒ぎは何なのでしょうか。

夜空はとても綺麗《きれい》で、空気も澄んでいてここが戦場であることが信じられません。

このところしばらく戦闘が無かったお陰で塹壕の中に遺体の腐臭はなく、時折兵士の楽し気な笑い声が聞こえてくるほどです。

こんなにも平穏だというのに、自分は何を恐れているのでしょうか。
「アイザック、院長先生」
自分は何となく、父親代わりだった人の名前をつぶやいて。
隣で寝ているロドリー君に体重を預け、寝入るために瞳を閉じました。
明日は、兵役を終えて故郷に帰る病床主任の送別会です。
お世話になった方ですので、しっかり送り出して差し上げましょう。

一九三八年　夏　4

TSMedic's Battlefield Diary

楽しかった休暇も、今日で最終日。

「また、遺品を持ってきたよ」

「おや、貴方《あなた》ですか」

私は今日も、掘り当てた遺品を役所に持ってきていた。

この一週間で、私の発掘はそれなりの成果をあげていた。

遺体も見つけたが、さすがに運べなかったのでドッグタグに記された名前を書いた旗を立てておいた。

こうしておけば、見失うことは無いと思ったからだ。

「はい、承りました。ご遺体の情報と遺品の回収、感謝いたします。すぐにご遺族に情報を提供いたします」

「よろしく」

私は今回の発掘で、二人のご遺体を見つける事ができた。

どこの誰かは分からないが、彼らが無事にご遺族に引き取られることを願うばかりだ。

「それと、貴方が持ち込んでくださった手記の件ですが」

「はい」

しかし、この一週間であの手記を越えるような遺品を発見する事はできなかった。

あんな兵士の心情を吐露《とろ》した手記など、そうそう埋まっているものではない。

正直なところ、私はあの手記に未練があった。

「おお、あれですか。もうノエルに送っていただいたのですか?」

「いえ、それが……」

役所の担当の方は、私の問いに顔を曇らせた。

何か不都合でも、あったのだろうか。

「その、ノエル孤児院のアイザック院長という方は生死が不明でして。ただご存命だとしても、八十歳を超えるのだとか」

「……ああ、そうですか」

言われてみれば、当然の話だ。東西戦争はもう、二十年も前の話。

彼女のご遺族も年を取っていて当然、生きている可能性は低い。

「では、その手記は私がいただけるんで？　遺族が行方《ゆくえ》不明《ふめい》という事で」

「いえ。彼女の軍籍から遺族の情報を検索したら、無事に遺族は見つかりました。トウリ・ノエル衛生兵は、アイザック氏以外にも遺品の受け取り先を登録していたのです」

「そうですか。……いや、それは喜ばしい事だ」

女役人の言い方に少し期待を膨らませてしまったが、どうやら無事にトウリ氏の遺族は見つかったらしい。

あの手記は、無事に遺族の下に返還されそうだ。

少し残念な気もするが、故人の想《おも》いが叶《かな》ったのなら喜ぶべきことだろう。

「あの、可能ならその遺族の方の名前を教えていただきたいのですが」

「えー、本来はお教えできないんですけども」

「そこを何とか。それが無理なら、せめて私からの手紙を添えていただければ」

私は未練タラタラに、その女役人に食い下がった。

不謹慎なのはわかっているが、何とか続きを読めないものかと渇望した。

そんな不誠実な私に、女役人さんは溜息《ためいき》を吐《つ》いて例の手記を差し出した。

「……どうぞ、お受け取り下さい」

「へ？」

その差し出された手記に、私はきょとんと役人の顔を見つめ返して。

疑問符を頭に浮かべながらも、その手記を受け取った。

「あの、これはいったい」

「貴方は、セドル・ウェーバーさんですね？」

「は、はぁ。確かに私は、セドルですが」

私は状況をよく理解できぬまま、彼女の問いに肯定を返した。

私の名前は、初日に書類に記したはずだ。何故《なぜ》それを、今になって確認されるのか。

「この手記の持ち主、トウリ・ノエル氏は————遺品の受取先として、貴方の名を登録しているのです。セドルさん」

「……えっ」

そんな私の疑問に答えるように、その女役人はそう言って遺品受け取り用の書類を私に差し出した。

「本当に貴方は、そのトウリ・ノエルという名に覚えがないのですか」

「ええ」

こうして念願かなって、私はその手記を手に入れる事ができた。

しかし私はその喜びより、困惑の方が強かった。

このトウリ氏が何故、遺品の受取先に私の名前を登録していたの分からないからだ。

「でしたら、遠い親戚筋なのかもしれませんね。彼女は孤児院出身だそうですから、自分の親戚筋をたまたま見つけて登録したのかも」

「なるほど、それはあり得そうだ」

実は私もトウリ氏と同様に、物心つく前に戦争で両親を失っていた。

その後、同じ村の出身者に養子として拾われて育てられた。

つまり私は、自らの親戚を知らないのだ。

だからトウリ氏が、私の親戚だった可能性は十分にある。

「トウリ氏と私の関係を調べたい。……彼女の戸籍情報を教えてもらうことはできないだろうか」

「遺族の方であれば可能です。ただ軍籍からの開示になりますので、少し申請にお時間をいただきますが」

「かまわない、是非お願いしたい」

顔も知らぬ間柄ではあるが、それでも彼女にとって私は親戚なのかもしれない。

ならばトウリ氏の冥福を祈り、供養するのは私の仕事である。

私は役所に彼女の情報提供を依頼した後、その手記を大事に持ち帰った。

「おや、アンタ。その手記、届けたんじゃなかったのかい」

「今日、返してもらえたのさ」

「そうか。だったらもう、好きにすると良い」

ホテルに帰った後、私は真っすぐ部屋に向かって手記を開いた。

それは好奇心からではなく、義務感からの行動だった。

私は知らねばならない。私の親戚かもしれない、彼女が勇敢に戦場を駆け抜けた生き様を。

覚悟を決めて、私はいよいよ九月のページを開いた。

戦争の転換点、歴史を揺るがす瞬間が記されているであろう、シルフ攻勢が開始された日付へと。


――――九月四日のページは固まっており、パリパリと音を立て開いた。

その日の手記は震えるように怯《おび》えた文字で、ところどころ汗が染みて滲《にじ》んでいた。

西部戦線 4

TSMedic's Battlefield Diary

【九月四日】

これは、悪い夢なのでしょうか。

昨日まで自分たちが過ごしていた平穏な戦場は、やはり何かの間違いで。

これが戦争なんだと、現実を叩《たた》きつけられた気持ちです。

「……え？」

今朝、全てが終わりました。

季節は晴天、透き通るような雲ひとつない青空の下。

野戦病院にまで、唸《うな》るような準備砲撃の音が響いたのが始まりでした。

「魔砲《まほう》攻撃音……、珍しいですね」

「……。すみません、話の途中ですが」

「そうね、トウリちゃんは前線に向かって。その後、ガーバック小隊長の指示に従いなさい」

本日は野戦病院に勤務していて、自分は先輩に教えを請いながら手術の練習をさせていただいていました。

敵の砲撃音が聞こえた後は、ゲールさんの指示で前線に戻ることになりました。

久しぶりの防衛戦ですが、戦場に慣れてきていた自分は落ち着いていました。

攻撃なんて珍しいな、あまり遅れたら小隊長に怒鳴られる、少し早めに走りましょう、などとのんびり考えていたくらいです。

……今振り返ると、今朝の攻勢はおかしい点が多々ありました。それにもっと早く気付くべきでした。

「あれ、もう攻勢が始まっている……」

例えば、いくらなんでも突撃してくるのが早すぎること。

準備砲撃は十分ほどしか行われていなかったのに、既に戦闘が始まっていたのです。

流れ弾が飛んでくる可能性あったので、自分は被弾しないよう塹壕《ざんごう》から距離を取りながら拠点を目指す事にいたしました。

そんなにのんびりと移動している余裕なんて、無かったことに気付かずに。


「おチビ、何をしている！　早くこっちにこい、撃たれるぞ！」

「え？　ロドリー君？」

自分が次に気づいた違和感は、敵の攻勢範囲の広さでした。

ガーバック小隊の待機地点まで一時間ほど走りましたが、その全ての場所で攻勢が行われていたのです。

普通ならばあり得ない、攻勢範囲の広さでした
「もう敵が目の前まで迫っている！　塹壕に飛び込め！」

「は、はい！」

無論、ガーバック小隊の守る塹壕にも攻勢がかけられていました。

小隊長は獅子奮迅《ししふんじん》の働きで敵を撃退していましたが、巣穴から這《は》いだす蟻《あり》のように敵が次々に湧いてきました。

自分が待機地点に到達した頃には既に、幾つか塹壕を突破されていたみたいです。

「やばいです小隊長、隣接拠点が制圧されてるみたいです！」

「んな事はァ見りゃ分かる」

「小隊長！　敵部隊が、我々の後方に……」

「気付いている」

困惑しながら塹壕に飛び込んだ自分は、何が起きているのか全く分かりませんでした。

何故《なぜ》突然に敵が攻めてきたのか、何故味方の塹壕がこうもあっさりと突破されているのか。

ただ一つ、何となく理解できたことは……。

「これ、後方が脅かされて、マズいんじゃ」

自分の祖国————オースティンは、完膚無きままに敗北したという事実でした。

「小隊長、どこかに援護に行かなくていいんですか！」

「このままじゃ、取り残されて、囲まれてしまいます！」

「分かっている！」

小隊長殿の顔を見れば、それがはっきり分かりました。

悔しそうで、憤怒《ふんぬ》に歪《ゆが》んだ、それでいて初めて見る————ガーバック小隊長の諦感の混じった表情。

自分がのんびりゲール衛生部長とお茶会をしている間に、戦争の勝敗は決してしまっていたのです。

「――分かっているが、何の命令も来ないのだ」

勝手な判断で前線守備を放棄し撤退することは敵前逃亡であり、重罪です。

ガーバック小隊長も、命令がなければ撤退を行えません。

「また敵が‼」

「迎え撃て！　ここを通すな」

「ここ以外から、もう通っちゃってるんですって！」

「なら背後にも気を配れ」

小隊長殿は何度も参謀本部に連絡を取り、そして無視され続けました。

いくらガーバック小隊長がエースと言えども、好き勝手に撤退したり前進したりできるわけではありません。

撤退命令もなく放置された我々にできることは、昆布のように塹壕にへばりついて四方の敵を撃ち続けるのみでした。

「ですが、このままでは！」

「しばし、待て！　必ず命令がある」

「全然来ねぇだろうがァ――――」

やがて、パニックを起こしたのでしょうか。

「俺ぁ逃げるからな、お前らもとっとと逃げた方がいい！」

「よせ！」

新兵のケルビン二等兵が半狂乱に叫びをあげて、塹壕から這い出しました。

四方を敵に囲まれている状況下で、ガーバック小隊長の庇護《ひご》もないまま。

恐らく、恐怖で冷静な判断ができなくなっていたのでしょう。

「……あちゅッ⁉」

「馬鹿が！」

周囲のサバト兵が、我々の籠《こ》もっている塹壕を警戒していないはずがなく。

ケルビンは塹壕から頭を出した瞬間、こめかみから血を噴出して動かなくなりました。

「ひぁ、ひぃあああ‼」

「うるせぇゾイド！　てめぇも俺に逆らったらこうなるからな」

この時ばかりは、自分も死を覚悟しました。

四方を敵に囲まれ、頼みの綱のガーバック小隊長も命令が無く動けない状況。

我々の壊滅は、時間の問題でした。

「待て。……ああ、了解した」

敵の攻勢開始から、数時間は経《た》った頃。

そんな中、ついに待ち望んでいた命令が我々に届きました。

「撤退命令だ。下がるぞ」

「……っ！　は、はい‼」

「俺が先行する。お前らは、俺が出てからきっかり一秒後、俺の背中を追って走ってこい」

ガーバック小隊長はそう言うと、全身に【盾《シールド》】の魔法を纏《まと》い。

「行くぞおぉァ!!」

雄たけびと共に、一息で塹壕から跳躍して平原に飛び出したのでした。

小隊長の魔法と剣技は、まさに圧巻でした。

銃弾を弾き我々を守りながら、凄《すさ》まじい速度で戦場を駆け抜けていきました。

「早い、もうちょっと、ゆっくりぃ」

「死ぬ気でついてこいゾイド！」

……ガーバック小隊長は一度も、背後の我々を振り返りませんでした。

いくら優秀な突撃兵である彼と言えど、銃弾を捌《さば》くなんて芸を片手間にできるわけがありません。

後ろを見ている余裕なんて、無かったのでしょう。

自分だって同じです。全力疾走するのに必死で、後ろを確認する余裕なんてありませんでした。

背後から撃たれたら、運が悪かったと割り切るほかないのです。

「無理、です、置いてか、ないで――――」

この半年の訓練のお陰で、自分は何とかガーバック小隊長について行けていました。

小隊長殿の全力疾走に、追従《ついじゅう》だけはできていました。

サルサと共に出撃した初陣《ういじん》であんなに遠かった小隊長の背中が、目の前にあり続けるのはとても頼もしく。

「ぐぁ」

そして小隊長の背中を追って走る自分の背後で、ドサリと誰かが倒れる音がしました。

それから二度と、ゾイド二等兵の助けを呼ぶ声が聴こえなくなりました。

……半年前の自分であれば、ゾイドと同じ結末を辿《たど》ったことでしょう。

「……あ」

ガーバック小隊長の背を追って走る中、自分は野戦病院に火の手が上がっているのに気が付きました。

ゴウゴウと、優しかった人々がいた病院は、銃声と炸裂《さくれつ》音に犯されていました。

野戦病院まで、様子を見に行く余裕なんてありません。彼らを救助する余裕もありません。

どうか無事でと祈りながら、自分たちは森林地帯へ向かって逃げました。

我々自身、生き延びられる保証が薄かったのです。

「小隊長！　後方に、敵がっ……!!」

「……」

敵の突撃は、気迫が籠もって恐ろしいものでした。

奴等《やつら》は今までの鬱憤《うっぷん》を晴らすように、飢えた獣のような雄叫《おたけ》びを上げて我々を撃ち殺していきました。

サルサ君やグレー先輩がサバト兵に殺されたように、彼らもまた我々に仲間を殺されています。

彼らはその憎しみをもって、自分たちを追撃していたのでしょう。

「敵の侵攻線を追い抜けば、後は安全だ。ひたすら走るぞ、ついてこれない奴は置いていく！」

小隊長殿はそう叫び、先頭に立って走り続けました。

塹壕周囲は、真っ黒い土の平原です。

周囲に遮蔽物《しゃへいぶつ》はありません。ちらほらと仮設倉庫が設営されていたくらいです。

「身を隠せる森林地帯まで、走りぬくぞ！」

西部戦線の後方は、十キロメートル以上も平原が続いていました。

我々は身を隠す事ができぬまま、十キロメートル以上も走らないとなりませんでした。

「こちらから敵に応戦はするな、立ち止まって銃を撃つ暇があれば走れ」

「了解です」

「撃たれた場合は諦めろ。見捨てて逃げる」

ガーバック小隊長は走りながら、言葉短かに命令を下しました。

小隊長はこの時、チラリと自分やロドリー君を睨《にら》んだような気がします。

咄嗟《とっさ》に仲間を助ける悪癖《あくへき》を持つ我々を、牽制《けんせい》したのでしょうか。

「応戦しないのであれば、銃弾などは捨てていきますか？」

「阿呆《あほ》、絶対に荷物は捨てるな。俺たちは今後、補給を受けられないんだぞ」

小隊長は、ヴェルディ伍長《ごちょう》を叱りつけました。

我々は一回戦闘できる分の弾薬しか、保持していません。

だから無駄な戦闘を避けるという意味で、応戦を許可しなかったのでしょう。

「背の荷物こそ、俺たちの命綱と知れ」

「……はい」

これから、弾薬は貴重品です。

今後、我々が敵陣を突破せねばならない状況に陥った時、銃弾も手榴弾《しゅりゅうだん》もなければどうしようもなくなるでしょう。

だからこそ、節約していかねばならないのです。

「周囲に敵が少ない方向へ進む。アレン、貴様が先導しろ」

「イエッサー、小隊長殿」

それと、応戦すれば目立って撃たれやすくなるという判断もあったのかもしれません。

コソコソ隠れて、周囲の敵に捕捉されぬよう走るのが最善だと思われました。


かくして、ガーバック小隊の地獄のマラソンが幕を開けました。

心地よい涼風が平原を吹き抜けるなか、我々は飛び交う銃弾に怯《おび》えながら、地獄の喧騒《けんそう》の中を行軍しました。

見通しの良い平原地帯で、足を止めるなどあり得ません。我々はひたすら、血反吐《ちへど》を吐きながら走り続けるのみでした。

幸いにもアレンさんの誘導で付近の集落を避けて進み、我々はあまり敵に遭遇せずに済みました。

敵兵の大半はこの時、軍事拠点や近隣都市を攻撃していたようです。

人気《ひとけ》のない場所をコソコソ移動している自分たちは、わざわざ追いかけるまでもないと見逃して貰《もら》えたみたいです。

「俺の背中から離れるな」

「了解！」

撤退中、ガーバック小隊長殿の【盾《シールド》】は本当に頼りになりました。

小隊長殿の【盾《シールド》】は自分の貧弱なソレとは異なり、しっかりと銃弾も弾いてくれる強固な【盾《シールド》】でした。

自分も半年ほど訓練を行い、多少はマシになりましたが、まだガーバック小隊長殿のような強固な【盾《シールド》】には至っていません。

投擲《とうてき》された手榴弾に関しては、自分やアレン先輩がそれぞれ対処しました。

対手榴弾訓練を受けておいて、本当に良かったと思いました。無駄な訓練なんてないのだと、実感致しました。

「森に、着いた！」

「早く身を隠せ、全員木陰から周囲を警戒せよ」

こうして自分たち小隊は、無事に西部戦線の南東に位置する森林地帯への撤退に成功しました。

森の中へ入ったころにはとっくに日が暮れていましたが、ようやく一息吐《つ》けました。

森林内なら狙撃《そげき》される心配もありませんし、敵と遭遇しても近接戦では無敵なガーバック小隊長殿が何とかしてくれます。

「ガーバック小隊長、損害報告ですが……」

「二人だけか。まぁ、よくやった方だ」

しかしその森にたどり着くまでに、ガーバック小隊から二名の脱落がありました。

ケルビンは塹壕の中で、迂闊《うかつ》に顔を出してしまい脳味噌《のうみそ》を撃ち抜かれました。

ゾイドは、小隊長殿の【盾《シールド》】から大きく逸脱した場所を走っていたせいで狙撃されて死にました。

この二名は、この撤退戦が初陣でした。

配属されたばかりの新兵は、初陣が一番命を落としやすいと言います。

彼らにとって、初陣がかくも過酷であったのは、不幸としか言えなかったでしょう。

しかし逆に言えば、犠牲者はその新兵二名だけで済みました。

アレン先輩がうまく、部隊を敵の少ない方面へ誘導してくれたお陰です。

「敵の影が見えなくなりましたね」

小隊が森林地帯に逃げ込んだ後も夜間行軍を続けましたが、まったく接敵しなくなりました。

森の中での待ち伏せも警戒していたのですが、杞憂《きゆう》に終わったようです。

「森林内まで、追撃してくる気配は無さそうですね」

「勝ち戦で、わざわざ死にたい奴はいないだろう」

敵からしても、わざわざ森まで追撃する理由は無いのでしょう。

森林での遭遇戦《ゲリラ》であれば、残存戦力の少ないオースティン側にも勝機は残ってます。そんな危険を冒して多少の敗走兵を始末するより、どこぞの施設を占領したり破壊したりした方がよっぽど功績になります。

撤退中の我々からすれば、ありがたい限りです。

「……これからどうします、小隊長殿」

「森林地帯を直進し、マシュデールを目指す」

小隊長殿は、撤退先の目標をマシュデールにしました。

この都市は西部戦線における物資の中継地点であり、かつ城塞都市でもあるので防衛戦に適しています。

自分の故郷である、ノエルの近郊都市でもあります。

「マシュデールは、戦時物資を豊富に保管しています。恐らく最優先で狙われる都市と思われますが」

「レンヴェル少佐殿は、各員マシュデールを目指せと指令を飛ばした。おそらく、少佐もそこへ撤退するはずだ」

マシュデールに豊富な物資があることは、敵兵も承知の上です。

間違いなく、攻勢の勢いのままサバト兵は攻めてくるでしょう。

「撤退した先が既に火の海だったらどうします」

「マシュデールが俺たちの到着より先に落ちることはない。俺たちの弾に限りがあるように、敵も弾薬を補給しないと戦えん」

「なるほど」

「時間との勝負だ。つまり少佐は、落とされる前にマシュデールに集結して戦えと仰せだ」

西部戦線からマシュデールまでの距離は、四十〜五十キロメートルほどです。

平地を走るのであれば、二日以内に到着はできるでしょう。

しかし敵を警戒しながら森の中を進むとあらば、時間がかかりそうです。

ですがそれでも、敵の行軍速度は我々より遅いはずです。

敵も補給線を整えないとなりませんし、周囲を警戒し街を占領しながら進まねばならない訳で、ただ逃げればよい我々とは進軍速度が全然違います。

補給を無視して進軍したとしても最低四〜五日、通常であれば一週間ほどかけて進んでくると予想されます。

一週間もあれば、さすがに森林内の行軍とはいえマシュデールには我々の方が先着できるでしょう。

「撤退の間の食料や、水は……」

「森で調達しろ」

「……ですよね」

ただ問題は、人間は水がないと動けないということです。

一応、洗浄用の生理食塩水などはリュックに背負っていますが……。

数日行軍することを想定した準備など、できておりません。

「ご安心くださいや、二、三日くらい飲まず食わずでも人間は死にゃしないさ伍長」

「いえ、さすがに水分欠乏は……。熱中症で死亡するリスクがあるでしょう」

森林内で一息吐《つ》けてしまったことで、ヴェルディ伍長は現状を把握しなおしたのか顔を真っ青にしました。

何せ武器弾薬、食料水分に衣類など重要な物資を、自分たちはリュックに入る分しか装備していません。

五時間にわたる塹壕での防衛戦のお陰で、弾薬も残りわずか。

そんな状態で、獣も害虫も住む森を行軍せねばならないのです。

「川や湧水《わきみず》が見つかることを祈るしかあるまい」

「……」

「あ、今後小便は捨てるな。飲めるらしい」

一息ついて改めて、現状の厳しさに血の気が引きました。


【九月七日】

今は久しぶりの休養です。こうして手記を書くのは三日ぶりでしょうか。

この三日間、自分たちガーバック小隊は森林内をずっと走りっぱなしでした。

戦場における敵は、決して銃を振りかざしてくる敵兵だけではありません。

今まで地獄と思っていた前線の塹壕が、実は衣食住の保証された素晴らしい環境であったと実感しました。

撤退戦では天候、地形、獣、虫、飢え、口渇、ありとあらゆるものが我々に牙を剝《む》きます。

ただ逃げるという行為がこんなにも辛いものだとは、想像だにしていませんでした。

「皆、こっちに来てくれ。しっかり縄を握って、足を滑らすな」

この撤退で、アレンさんの持つ偵察《ていさつ》兵装備が非常に役に立ちました。

彼の荷物には方位磁石に双眼鏡、山路を進むための登攀《とうはん》用ロープなど山中行軍に必要な物が一通り揃《そろ》えられていました。

視界不良な森林の中で、迷うことなくマシュデールを目指せたのは彼のお陰です。

もしアレンさんがいなかったら、どうなっていたかわかりません。

「皆、こっちだ！　湧き水だぞ！」

既に味方の陣列は崩壊しているらしく、道中に村が燃やされている様子が見えました。

本来であれば民間人は我々軍人が助けるべきですが、満身創痍《そうい》で撤退中の我々にそんな余裕なんてありませんでした。

制圧射撃や牽制射撃で、弾薬や手榴弾は尽きかけています。体力的にも、戦闘行動は難しいと判断されました。

ガーバック小隊も、気楽に森の中を行軍していた訳ではありません。

飢えや渇きと戦いながら、苔《こけ》に覆われた倒木《とうぼく》を乗り越え、睡眠も取らず森林内を三日間ずっと歩き通していたのです。

「水か！　でかした！」

不幸にも、三日間歩いてずっと水源に出くわしませんでした。

自分の持っていた生理食塩水の空き瓶を舐《な》めあい、鉄帽に出した自分の小便をすすり、それでかろうじて動けていた状態です。

脱水が進んで眩暈《めまい》が酷くて吐く息が酸っぱく、足が鉛のように重くなっていました。

あと一日、水源の確保が遅れていたら全滅していたでしょう。

「水だァ！　ヒャッハァァァ!!」

「だ、駄目です！　ロドリー君！」

ガーバック小隊長は『食料や水分を森林内部で自給自足』とおっしゃられましたが。いざ森林の中を進んでみると、思った以上に水分や食料の確保と言うのは難しいものでした。

進行方向に川がポンポンあればよかったのですが……、残念ながら初日、二日目はどれだけ進んでも河川に到達しませんでした。

そして三日目、手持ちの水分はとっくに尽きて行き倒れ寸前に、ようやくアレン先輩が小さな湧水を発見したのです。

「ひ、久々の、水ゥー」

「ちょっと、ま、待ってくださ……」

脱水と言うのは洒落《しゃれ》になりません。

あのガーバック小隊長ですら、唇は渇き目が落《お》ち窪《くぼ》み、死人のような様相になっていました。

尿を捨てるなという小隊長殿の命令がなければ、隊員に死者が出ていたでしょう。

ここまで森林でのサバイバルが厳しいものだとは、思いもよりませんでした。

「誰も口を付けないなら、俺から飲むぜェ……」

「……ふん」

「痛ァ!?」

そんな限界ギリギリの状況で、貴重な水源を発見して飛びついたロドリー君を小隊長の鉄拳が襲います。

ロドリー君を止めてくださったのはありがたいですが、治療の手間を考慮して殴ってください。結構吹っ飛びましたよ今。

「ロドリー君、煮沸《しゃふつ》が先です。もし生水に中《あた》ったりしたら、我々は全滅です」

「……う」

「各員、土で竈《かま》を形成した後に、鉄帽を逆さにして水を溜《た》めてください。口を付けて良いのは、沸騰した水を冷ましてからです」

「……はい」

この森の水が感染微生物に汚染されていたら、洒落になりません。

質《たち》の悪い下痢《げり》症にでもかかったら、部隊全滅もあり得ます。

万が一を考え、一度沸騰させてから飲むのがベターでしょう。

「と言う事は、その」

「しばし休息だ」

こうして我々は、三日ぶりに行軍を停止して休息を取ったのでした。

「あ、あつっ……」

「良く冷ましてから飲んでください」

久しぶりに飲んだ水分は、本当に美味《おい》しいものでした。

脱水で涙など出ませんでしたが、普段のコンディションなら泣いていたかもしれません。

一口するごとに、全身に活力がみなぎるのを感じます。

水分というのはここまで人体に重要だったのかと、改めて再確認できました。

「こうしてみると、衛生兵用の装備ってサバイバル向きなの多いな」

「ええ、傷口を焼く用のバーナーがあって助かりました」

幸いにも、火種には困りませんでした。

自分が装備する医療器具の中に、止血用のバーナーが有ったからです。

更に生理食塩水を入れていた空き瓶が二つ、消毒液の小瓶、清潔な布や外傷用の軟膏《なんこう》など、極限状況で役に立つ物資がたくさん入っています。

これは衛生兵が、最前線の塹壕で数日間の任務に耐えられるよう支給された装備だからでしょう。

特に生理食塩水は、貴重な水分と塩分だったので助かりました。

重たい生食を二瓶も入れるよう設定したゲール衛生部長に、感謝の念が堪《た》えません。

「小隊長殿、少し寝ても良いでしょうか」

「駄目だ、想定より行軍が遅い。水を再度確保したらすぐ出発する」

「……了解です」

そして水資源の補給が遅れたせいで、我々の行軍はかなり遅れていました。

途中から皆、脱水でフラフラになって走っていましたからね。

そりゃあ、進軍速度も落ちるってもんです。

「マシュデールについたら、補給が受けられるだろう。それまでの辛抱だ」

結局、この時の我々が休息したのは数時間だけでした。

サバトの進行速度が分からない以上、ここで一晩休んだら敵に囲まれて全滅するかもしれません。

そんな状況だったので、我々は疲れた身体に鞭打《むちう》って先に進まねばならなかったのです。

因《ちな》みにこの三日間、森林内で友軍と合流することはできませんでした。

周囲を敵に囲まれ四面楚歌《しめんそか》、あんな状況を生き延びる事ができた部隊は多くないはずです。

むしろ、二名しか欠けていないガーバック小隊が少しおかしいのでしょう。


【九月十日　昼】

吐き気がしそうです。

頭蓋をハンマーでぶん殴られたような、そんなどうしようもない頭痛が止まりません。

こうして日記を書いて、何とか自分を落ち着かせている状況です。

……こんな状況で、マシュデールに来ることになるとは。

幼き日に、遠目に見たマシュデールの城塞。

この『マシュデール』は自分の故郷であるノエルの近郊都市ですが、実際に入るのは初めてでした。

ノエルはのどかな田舎《いなか》の村で、田園だけが広がる何もない場所です。

そんな田舎の孤児たちにとって、都会であるマシュデールは憧れの場所でした。

自分も友人と、いつかマシュデールの美味しいレストランで食事を摂《と》り、楽しい演劇を観るんだと夢を語った事もあります。

その、幼い自分にとって憧れだった街に、こんな形で辿り着くことになろうとは思いもよりませんでした。

「あと一息だ。行くぞ」

「うお、やべぇ。あそこの村、燃えてる」

「思った以上に、敵の侵攻が早いですね」

幸いにも、我々ガーバック小隊は敵に追いつかれることなくマシュデールまで撤退する事ができました。

道中、多くの市民が犠牲になるのを見捨てて。

「ちくしょう、サバトの連中め……。一般市民だろうと関係なく皆殺《みなごろ》しかよ！」

「落ち着けロドリー」

最初から、そうでした。

西部戦線から撤退する際に、弾薬の類は殆《ほとん》ど消費してしまっていたのです。

だから、周囲の村落が焼かれているのに気づいても、自分たちはコソコソ隠れて逃げ続けていたのです。

「……」

「どうしたおチビ、早く……」

森林地帯を抜けて、マシュデールに到達したその日。

その近隣村落が燃え落ちる光景を見て、自分の頭は真っ白になりました。

それは、無意識のうちに考えないようにしていた光景だったからかもしれません。

「……あ」

現在の、敵の所在。

すなわち、彼の指さした先に在った燃える村とは、自分の故郷であるノエルの村でした。

「ノエル、が……」

あの町には、軍事物資など何もありません。

ただ優しい孤児院の院長先生や、わんぱくざかりの子供が暮らしているだけです。

あまり美味しくない芋の畑や、苦い野菜が植えられた畑が広がっているだけです。

「……ノエルに、火が！」

「っ！　何処《どこ》に行く、おチビ！」

ノエルが燃えている。

そのあまりの衝撃に、自分は我を忘れてノエルへと走り出しかけました。

ロドリー君に肩を掴《つか》まれていなければ、本当に走っていたかもしれません。

「敵が、村を、犯しています。自分の、故郷の、ノエルに！」

「そうか」

「小隊長、早く、助けに行かないと……！　皆が！」

自分は思わず、ガーバック小隊長に詰め寄りました。

気が動転してして、何も考えられなかったのだと思います。


──鈍い音。


詰め寄った直後、自分の顔面を鈍い衝撃が穿《うが》ちました。

その勢いで自分は地面に叩きつけられ、尻餅《しりもち》をつき、口腔《こうくう》内に血の味が滲《にじ》みます。

どうやら自分は、久しぶりに小隊長殿に顔面をブン殴られたようでした。

「目が覚めたか」

「……」

「俺たちの撤退目標はマシュデールだ。走るぞ」

目がチカチカとして、ふらつきつつも自分は立ち上がりました。

小隊長殿は、そんな自分を無言で見下ろしていました。

「……」

小隊長殿は強いです。接近戦では、無敵に近いと感じています。

彼であれば、今からノエルに戻って敵を撃退できるのではないでしょうか。

腰の悪い院長先生は、きっと逃げ遅れています。

まだ乳母車《うばぐるま》に乗っている乳児は、そもそも逃げる事すらできないでしょう。

しかし、今なら間に合うかもしれません。今すぐにノエルに向かえば、誰かを助けられるかも——

「……了解、です」

「ふん」

「大変失礼いたしました、命令を復唱します。自分はマシュデールに向かって走ります」

しかし、殴られて冷静になった脳の一部が、理解していました。

今、消耗しきった我々ガーバック小隊が危険を冒してノエルに救援に向かう事に、何の戦略的意義も存在しない事を。

今すぐ走れば救えるかもしれない故郷の人々を、見捨てるのが最適解であることも。

「踏みとどまったか、トウリ。その言葉に免じて、今も俺を睨んでいることは不問にしてやる」

「……ありがとうございます」

「では行くぞ」

この時、全く意識していなかったのですが、自分は小隊長殿を睨んでいたようです。

きっと自分は心のどこかで『小隊長殿が救援に行ってくれれば、助かるのに』という身勝手すぎる願望を抱いていたのかもしれません。

ここまで撤退するのに、数多《あまた》の町や村が焼かれました。

それらを見捨ててのうのう逃げ延びてきたのに、自分の故郷だけ守って貰おうだなんて虫が良すぎます。

これは故郷を焼かれたという、自分の感情だけの問題なのです。

……ドクン、ドクンと鼓動が煩《わずらわ》しく鳴り響きます。

この後、自分は決してノエルの方向を振り返りませんでした。

振り返ってしまえば、走り出さない自信がなかったからです。

自分が命を懸けて、軍に志願し衛生兵となった一番の理由は、孤児院への恩返しです。

自分はこの世界で、唯一の家族であり肉親であったあの場所の人々に、少しでもお返しがしたかったのです。

「……ぁ」

喉も乾いて、口はパサパサ。

三日何も食べず、フラフラで歩いていた自分の瞳に涙など浮かびません。

「……あぁ、ぁぁぁ……」

自分からただ漏れ出たのは、低く渇いた呻《うめ》き声《ごえ》だけでした。

【九月十日　夕方】
「よくぞご無事で」

「ああ」

夕刻、自分たちはマシュデールの最外側の堡塁《ほるい》へと到達しました。

マシュデールは城塞都市の名の通り、三つの堡塁に囲まれた強固な防衛能力を持っています。

その古ぼけた石造りの堡塁の関所には、いかつい衛兵が門番のように立っていました。

「軍籍の照合を終えました。お入りくださ い軍曹殿」

「ん」

堡塁の関門で小隊長が我々の所属と名前を伝えると、衛兵は我々を歓迎し通してくれました。

顔見知りだったのか、生還を喜び小隊メンバーと抱き合う方もおられました。

「……」

そんな空気の中、自分は一言も発さず、ただ虚空を見つめるのみでした。

一九三八年　夏　5

TSMedic's Battlefield Diary

「……マシュデール」

城塞都市マシュデール。私はその都市の名前を、良く知っていた。

その名は示す通り、マシュデールはかつて難攻不落の城塞として知られていた都市だ。

分厚い堡塁《ほるい》を三つも擁した、強固で堅牢《けんろう》な要塞。そして、有名なマシュデール撤退戦の舞台となった都市でもある。

この堅牢な城塞都市マシュデールに籠《こ》もったオースティン軍は、侵攻するサバトに対し決死の抵抗を見せる。

トウリ氏は、そのマシュデール撤退戦に関わっているらしい。

「私は、その都市をよく知っている」

その都市の名を聞いた瞬間、臓腑《ぞうふ》が冷え込んだのが分かった。

私は、マシュデールを知っている。

何せ、私が幼いころ。両親が存命の際、私が生まれ育ったのはこのマシュデールという都市だった。

寄せ来る戦火から逃れて、両親は幼い私を連れてマシュデールを脱出した。

そして私の一家は、オースティンという国を捨てて逃げ出したのだ。

「……誰、だ?」

何かを、思い出しそうになった気がする。

何かを、忘れていることに気づいたと思う。

私は、そこで誰かに会った。

どんな顔だったか。人形のように無表情で、いつもどこか遠くを見つめている、不思議な雰囲気のお姉さんだった、ような。

「む、む」

額から冷や汗が溢《あふ》れてきて、止まらない。

思い出せない。もう、あと一歩のところまで彼女の顔が浮かびかかっているのに。

私は、彼女を知っているかもしれない。

私は、このトウリ・ノエル氏と出会ったことがあるかもしれない。

だけど、何も思い出せないのだ。

頭の中で断片的に、何かがフラッシュバックする。

彼女の暖かな息遣い。

泥だらけになった私を優しく抱き締めてくれた、か細い少女の肌の感触。

『……セドル君。ダメですよ、こんなに服を汚しては』

誰かの声が、脳裏に響く。

それは優しく、清廉で、少しだけ口煩《くちうるさ》い誰かの声。

『野菜も残さずに食べてください。大きくなれませんよ』

『そう、偉い子です。よく頑張って食べました』

『ごめんなさい。自分はもう少ししたら、また遠くに行かねばなりません』

『自分が生きて帰ったなら、その時は。成長した元気な顔を見せてくださいね――――』

刺すような頭痛が、鼓動を早くした。

形容しがたいほどの吐き気が込み上げてきて、眩暈《めまい》で立っていられなくなる。

「セドルさん⁉　どうされましたか」

「……」

私はたまらず部屋を出て、ホテルの医務室に駆け込んだ。

動悸《どうき》と頭痛で、気が変になりそうだった。

「落ち着いてください。大丈夫、貴方《あなた》の身体に異常はありませんよ」

「そう、か」

「ゆっくり息を整えてください。深呼吸、深呼吸です」

「分かった」

知っていた。

私はこの、手記を書いた人物を知っていた。

「一度、何も考えずゆっくり呼吸してください」

「……」

それ以上、その事を考えると頭が割れそうなほど痛くなるので。

私は医務室のベッドに横になり、そして意識を手放した。

TS衛生兵さんの戦場日記

TSMedic's Battlefield Diary

あとがき

どうも初めまして、私はまさきたまと申します。この度は拙作「TS衛生兵《ティーエスえいせいへい》さんの戦場日記《せんじょうにっき》」をお買い上げいただきまして誠にありがとうございます。

連載当時はまさか書籍の話をいただけるとは思っておらず、こうして出版した現物を見るのは感激の至《いた》りです。このような光栄なお話をいただけたことは読者の皆様の応援あっての事です。いつも暖かい応援をいただき、誠にありがとうございます。

さて、そんな様々な方に支えていただいて生まれた本作ですが。実は書籍化にあたり、一つ大きな決断がありました。

WEB版を読んでいる方はお気づきだと思われますが、実は書籍化にあたりタイトルを変更しているのです。本作は元々「TS衛生兵さんの成り上がり」というタイトルで投稿しておりました。まぁこれはトウリによる主人公目線での物語（WEB版）と、その日記を読むセドル・ウェーバーの物語という違いからタイトルを変更したのですが、元々WEB時代から「これ成り上がり要素ある？」というご指摘も多かったのもその一因です。

私は主人公が少しずつ成長し成り上がっていく話を書きたかったのですが、そのせいでトウリの昇進速度はかなりゆっくりでして……。

様々な方のご指摘の通り、一巻の時点では成り上がり要素はないですし、タイトルの変更に踏み切った次第でした。色々とややこしくて申し訳ございません。

あ、それとWEB版から作者名も変更していますが、こちらにも深い意味はありません。地元の神様に「いくたまさきたまひめのかみ」という女性の神様がいるらしいので、御名《みな》をお借りして「まさきたま」というペンネームにしました。ご利益があるといいですね。

これが、書籍版とWEB版の相違点の簡単な説明になります。あとがきで書く事なのかは分かりませんが、説明するタイミングもなかったのでここに記させていただきました。

長くなりましたが、本作の主人公トウリはゆっくり成長していくキャラクターです。多くの試練に立ち向かいながら、失敗を繰り返し強くなっていくのをじっくり描ければいいなと思っています。

本作少しでもお楽しみいただけたなら、今後とも応援を頂ければ嬉しいです。


またこの場をお借りしまして、書籍化にあたり様々な相談に乗ってくださった編集のI様、素晴らしいイラストを描いていただいたイラストレーターのクレタ様をはじめとした、関係者の方々に厚く御礼申し上げます。

最後に本作の執筆にあたり、色々と相談に乗ってくださった師匠ナマクラ氏にも感謝を申し上げます。彼は初心者の頃から私に小説のイロハを指導してくださった先輩で、私の高校の同級生でもあります。いつもありがとう、師匠。

以上、まさきたまでした。

あとがき
みんな大好き
ゲール衛生部長。
「TS衛生兵さんの戦場日記」
お買い上げ誠にありがとうございます!!
情緒をぐちゃぐちゃにされながら
描かせて頂きました...
辛い。でも好き。

ＴＳ《ティーエス》衛生兵《えいせいへい》さんの戦場日記《せんじょうにっき》

2023年7月28日　初版発行
2024年9月20日　3版発行

著者　まさきたま
イラスト　クレタ
発行者　山下直久
発行　株式会社KADOKAWA
〒102-8177 東京都千代田区富士見2-13-3
電話 0570-002-301（ナビダイヤル）

編集企画　ファミ通文庫編集部
デザイン　横山券露央、倉科駿作（ビーワークス）
写植・製版　株式会社オノ・エーワン
印刷　TOPPANクロレ株式会社
製本　TOPPANクロレ株式会社

 ISBN978-4-04-737542-0 C0093　定価はカバーに表示してあります。

Comment
シスコンじゃん
Comment
こいついっつも燃えてるな
Comment
同期が初手解雇は草